W9-CKL-460

Discard

Discard

Pesadilla en Vancúver

Eric Wilson

ediciones **sm** Joaquín Turina 39   28044 Madrid

Colección dirigida por **Marinella Terzi**

Primera edición: diciembre 1982
Segunda edición: junio 1984
Tercera edición: febrero 1985
Cuarta edición: diciembre 1985
Quinta edición: octubre 1986
Sexta edición: abril 1987
Séptima edición: julio 1987
Octava edición: octubre 1988
Novena edición: octubre 1989
Décima edición: mayo 1990
Undécima edición: junio 1991
Duocécima edición: febrero 1992
Decimotercera edición: septiembre 1992

Traducción del inglés: *Pedro Barbadillo*
Ilustraciones: *Tom McNeely*
Cubierta: *Ángel Esteban*

Título original: *Vancouver Nightmare*
   (Publicado en Inglaterra por The Bodley Head Ltd., en 1978)
© *Del texto*: Eric Hamilton Wilson, 1978
© *De las ilustraciones*: The Bodley Head, 1978
© *De esta edición*: Ediciones SM, 1982
   Joaquín Turina, 39 - 28044 Madrid

Comercializa: CESMA, SA - Aguacate, 25 - 28044 Madrid

ISBN: 84-348-1138-3
Depósito legal: M-29041-1992
Fotocomposición: Secomp
Impreso en España/Printed in Spain
Imprenta SM - Joaquín Turina, 39 - 28044 Madrid

No está permitida la reproducción total o parcial de este libro,
ni su tratamiento informático, ni la transmisión de ninguna
forma o por cualquier medio, ya sea electrónico, mecánico, por
fotocopia, por registro u otros métodos, sin el permiso previo y
por escrito de los titulares del copyright.

A Bob Linnell

1

EL ATAÚD estaba abierto y el ambiente que se respiraba era lúgubre y triste.

Tom se aproximó, latiéndole el corazón, y vio el cuerpo del Conde Drácula, cuya cabeza reposaba en un almohadón de satén. Tratando de acostumbrar su vista a la oscuridad, vio sangre en los dientes del vampiro.

Sin previo aviso, Drácula comenzó a moverse.

Al principio sólo se estremeció levemente, pero luego, rápida y velozmente, se sentó, acercando sus terribles colmillos, teñidos de sangre, a la garganta de Tom.

Tom dio un salto hacia atrás, asustado. Al mismo tiempo, y para alivio suyo, Drácula retrocedió y su cabeza volvió a reposar en el almohadón de satén.

Temblando, se volvió a Dietmar.

—Este sitio me da grima —susurró—. Vámonos fuera.

Dietmar asintió y subieron juntos las escaleras, deteniéndose fuera al calor del sol. Sobre sus cabezas se podía leer: *Museo de Cera de Gastown. ¡Visite la Cámara de los Horrores!*

Dietmar se rió.

—Fue algo fantástico, Austen. Cuando se sentó Drácula, casi te sales fuera de tu piel, del salto que diste.

—No creas —dijo Tom, enrojeciendo bajo sus pecas—. Se necesita algo más que un monstruo mecánico para asustarme, Oban.

—Entonces, volvamos. No he tenido tiempo de ver bien el monstruo del espacio.

—Olvídalo —dijo Tom—. Estoy hambriento. Además, ahí vienen mis abuelos.

Ambos se dirigieron hacia una pareja de pelo blanco, que estaban examinando unos cinturones de cuero en un puesto callejero.

—¡Eh, abuela, abuelo! —dijo Tom—. La Cámara de los Horrores resulta fantástica, sobre todo cuando me preguntaron si podían contratar a Dietmar.

La abuela sonrió.

—Vamos a invitaros a comer.

—¡Estupendo! —dijo Dietmar.

El abuelo observó los turistas que rondaban por Maple Square, tomó a la abuela por la mano y se dirigió hacia Water Street.

—Hasta hace poco —dijo señalando los edificios de ladrillo rojo de la calle—, donde están todas esas tiendas era el centro de Skid Road. Luego, la zona fue reestructurada y se le llamó Gastown.

—¿Qué significa Skid Road? —preguntó Dietmar.

—Es una expresión antigua que está relacionada con la tala de árboles. En tiempos de los pioneros había hoteles baratos junto a los caminos por los que llegaban hasta las serrerías los troncos de los árboles. Por eso, a los barrios pobres de ciudades como Vancúver y Seattle, se les llamó Skid Road.

—Pero Gastown no me parece muy pobre.

—Ya no lo es; pero Vancúver aún tiene una Skid Road, justamente detrás de esos edificios.

—Skid Road suena bien —dijo Tom—. Me encantaría dar una vuelta por allí.

El abuelo movió la cabeza.

—No es una buena idea, Tom.

—¿Por qué no?

—Para empezar, hay muchos delincuentes en esa zona.

—¡Estupendo! —dijo Tom—. A lo mejor encuentro algún caso que resolver.

La abuela sonrió a su marido.

—Has dicho lo menos indicado, Bob. Ya sabes que Tom sólo piensa en ser detective.

El abuelo asintió.

—Creo que ha sido un error. Está bien, os invito a comer en «La cola del pan».

—¿Pan? —dijo Tom desanimado—. Eso suena a rancho de cárcel.

Se detuvo para tomar nota de la situación de Skid Road y siguió a sus abuelos al restaurante. El aire olía a pan recién hecho y se oía una música popular y pegadiza, que provenía de una vieja pianola; de las paredes colgaban antiguas parrillas, cacerolas y pucheros e, incluso, una destartalada máquina de coser.

La camarera los condujo a una mesa que había en un rincón y les dio unos periódicos.

—¡Demonios! —dijo Dietmar, sentándose—. ¿Qué clase de sitio es éste?

—Durante la depresión, la gente era terriblemente pobre —explicó la abuela— y la mayoría tenían que aguardar en la «cola del pan» para conseguir un poco de comida gratis.

Tom observó su periódico, que, en realidad, era la carta del restaurante.

—Creo que voy a tomar sopa de pollo con tallarines.

—Yo tomaré tarta de fresa —dijo Dietmar—, y luego ponche de frambuesas, pastas de avena con pasas y rosquillas de canela.

Tom miró a sus abuelos, que sonreían.

—No os riáis —dijo—. No se puede decir que Dietmar esté realmente gordo, pero se lleva la palma en eso de comer como un buey.

—Tom, por favor, no digas eso. Dietmar es nuestro invitado.

Después de encargar la comida, el abuelo les propuso un acertijo:

—¿Cómo supo Sherlock Holmes que un tren había pasado por determinado sitio?

Tom se rascó la cabeza.

—Debería saberlo.

—Pues porque el tren dejó track [1].

Tom sonrió a sus abuelos. Estaba pasando con ellos unas excelentes vacaciones veraniegas, pero ahora había descubierto la forma de hacer algo realmente emocionante. Iba a investigar algún «caso» en Skid Road.

Aquella idea le obsesionaba tanto, que pensó que no podría comer nada. Pero en cuanto les pusieron a cada uno una pequeña hogaza de pan de centeno, la boca se le hizo agua.

—Creo que sería capaz de vivir a pan y

---

[1] Juego de palabras. En inglés, *track* significa huella o pista y también vía férrea. *(N. T.)*

agua —dijo riéndose—. La cárcel no debe ser tan mala.

El abuelo movió la cabeza.

—Yo creo que la vida en prisión es horrible y muy aburrida. Eso de que el crimen no compensa es una gran verdad.

La abuela sonrió a Tom.

—Hablando de crímenes: ¿lees novelas policíacas?

—Puedes estar segura de ello. He leído todo lo que he podido referente a buscar pistas, seguir sospechosos y todo eso.

—Pero, ¿cómo encuentras sospechosos a quienes seguir?

—Hay criminales por todas partes —dijo Tom. Echó un vistazo a su alrededor y luego bajó la voz—. Fíjate en esos dos hombres que acaban de entrar. Si ese gordo no es un delincuente, soy capaz de comerme mi sombrero.

Las miradas de todos ellos se dirigieron a la entrada, donde dos hombres accionaban la pianola. Uno de ellos, que llevaba chaqueta y corbata, era japonés; el otro, también con corbata pero con el traje muy arrugado, tenía un enorme estómago que sobresalía por encima del cinturón. Su escaso cabello, peinado hacia atrás, dejaba ver un cráneo sonrosado.

—Lamentable —dijo Tom—. Fijaos en esa papada, que tiembla como el «moco» de un pavo.

Mientras Tom hablaba, el hombre los miró y se dirigió hacia ellos.

—¡Te ha oído! —murmuró Dietmar—. Creo que va a disparar contra nosotros, y no hay donde esconderse.

—No seas estúpido —dijo Tom con voz temblorosa—. Eso sólo pasa en la televisión.

Al llegar a la altura de su mesa, el hombre levantó una mano y Tom se asustó, esperando el disparo de una pistola. En lugar de eso, el hombre estrechó la mano del abuelo.

—Me pareció que era usted, Bob —dijo.

—¿Cómo está usted, inspector? —dijo el abuelo—. Creo que se acordará de mi mujer. Estos dos jóvenes son de Winnipeg. Tom es nuestro nieto, y Dietmar está aquí con unos parientes, en la parte norte de Vancúver.

Tom estaba colorado.

—¿Inspector? —dijo con voz débil.

—Exacto. Inspector Mort, de la policía de Vancúver.

Dietmar se rió con ganas y los abuelos de

Tom sonrieron. El chico sintió deseos de ocultarse bajo la mesa.

—¿Cuál es el chiste? —preguntó el inspector Mort—. Este chico tiene la cara tan colorada como su pelo.

Dietmar se echó a reír.

—Tom Austen, el aprendiz de detective, acaba de darnos una brillante lección sobre las características de un criminal.

—¿Detective?

—Exactamente —dijo el abuelo—. Inspector, ¿por qué no se sientan con nosotros usted y su amigo?

—De acuerdo —el inspector hizo un gesto hacia el otro hombre, que se acercó a la mesa—. Éste es el capitán Yakashi, del carguero *M.K. Maru.* Me está ayudando a resolver un caso, mientras su barco permanece atracado en Vancúver.

Tom observó el rostro agradable del capitán, extrañado de que no llevara tatuajes y un pendiente de oro. ¿Sería de verdad capitán? Sintió la tentación de sacarle la verdad con unas cuantas preguntas, pero no quiso arriesgarse a parecer estúpido por segunda vez. En vez de eso, miró al inspector Mort.

—¿Qué caso tiene entre manos? —preguntó tímidamente.

El inspector Mort se volvió a Tom con rostro seco.

—Eso es algo muy personal, jovencito.

Tom enrojeció de nuevo y Dietmar se rió entre dientes.

El abuelo sonrió a Tom.

—No sea duro con Tom, inspector. Le fascina el trabajo de la policía.

—Lo siento —dijo el inspector de mala gana—. Lo único que te puedo decir es que se trata de un caso complicado relacionado con la entrada ilegal de inmigrantes procedentes de Oriente, pero no puedo darte detalles.

El abuelo sonrió.

—Esa historia es buena como excusa, inspector. Pero ahora díganos la verdad: ¿no anda usted tras esas drogas introducidas en Vancúver de contrabando en los cargueros procedentes de Oriente?

Hubo un largo silencio, mientras el inspector miraba fijamente al abuelo de Tom. Al final dijo:

—En estos tiempos ya nadie cree a la policía.

16

El abuelo parecía confuso.

—Ahora me toca a mí pedirle disculpas.

Esperó mientras la camarera les servía la comida y luego se volvió hacia el inspector.

—Estábamos hablando sobre cómo es la vida en prisión. ¿Podría visitar Tom algunas celdas? Estoy seguro que le gustará.

Otro silencio. Tom pensó que el inspector Mort lamentaría haber elegido «La cola del pan» para almorzar, pero le sorprendió verle sonreír, al tiempo que mostraba sus grandes dientes.

—Claro que sí, hijo. Te enseñaré todo.

Tom dio las gracias al inspector y siguió comiendo sin atreverse a preguntarle nada acerca del tráfico de drogas, aunque sentía curiosidad por conocer más detalles. Cuando terminó de comer, miró a sus abuelos.

—¿Podemos ir Dietmar y yo a dar una vuelta por Gastown?

Tras un momento de duda, aceptaron. El inspector Mort fijó con Tom el día de su visita a las celdas, y los chicos se despidieron y salieron a la calle.

—Antes me fijé en una tienda de curiosidades —dijo Dietmar—. Vamos a verla.

—Tengo una idea mejor —Tom sacó un

mapa de Gastown—. ¿Qué tal si vamos en busca de algún delincuente?

—¿Delincuentes como el inspector *Wort* [2]?

—Su nombre es Mort; aquello fue una equivocación —Tom bajó la voz—. Escucha, Dietmar, es evidente que el inspector se halla en Gastown porque está buscando traficantes de droga. Si los encontramos nosotros antes que él, seremos unos héroes.

Dietmar movió la cabeza.

—Soy demasiado joven para morir.

—No seas cobarde —Tom señaló un punto en el mapa—. Aquí hay un sitio llamado Blood Alley Square [3]. ¡Bonito nombre para empezar!

Como Dietmar dudaba, le agarró por el brazo y comenzaron a caminar.

—Yo te defenderé —le prometió—. Tendremos una gran aventura.

—Tengo tan pocas ganas de aventuras como de que me den un tiro en la cabeza —murmuró Dietmar—. Vamos a olvidarnos de los delincuentes y a gastar nuestro dinero en caramelos.

---

[2] Verruga. *(N. T.)*

[3] *Blood Alley Square:* en inglés significa Plaza de la Sangre *(N. T.)*

Tom arrastró a Dietmar dentro de un portal.

—Me alegro de que hables del dinero —murmuró Tom sacando el dinero que llevaba. Rápidamente se quitó un zapato y lo metió dentro—. Haz lo mismo con el tuyo; puedes quedarte sin él si nos asaltan.

—¿Asaltarnos? —Dietmar miró a Tom con sus castaños ojos abiertos—. Yo renuncio.

Inquieto ante la idea de tenerse que enfrentar solo con la Blood Alley Square, Tom sonrió forzadamente.

—Es una broma. Vamos, no hay por qué preocuparse.

—Salvo que nos ataquen por la espalda con un cuchillo.

—Ni hablar de eso.

Después de recorrer varias callejuelas en zigzag, llegaron a una plaza empedrada en la que había algunos arces.

—No es nada siniestra —dijo Tom desilusionado. Señaló un banco—. Vamos a sentarnos y a ver qué sacamos en limpio.

—Pues dolor en el trasero —predijo Dietmar— y, a lo mejor, dolor de cabeza.

Pero Dietmar se equivocaba. Después de observar durante unos minutos a los turistas que deambulaban por la plaza, Tom se incorporó y agarró a Dietmar por el brazo.

—¡Mira!

—¿Qué?

—Allí, pero mira con cuidado —Tom dirigió la vista hacia un pasadizo, donde un hombre de unos treinta años, cuya cabeza y barba eran una masa de pelo rizado, miraba al cielo.

—¡Ese es nuestro «hombre»! —dijo Tom.

—¿Por qué él?

—¿No te das cuenta cómo mira fijamente al sol? Sólo un drogadicto puede hacerlo sin que se le quemen los ojos.

—¿Estás seguro? —preguntó Dietmar, dudoso.

—Claro que estoy seguro —Tom observaba atentamente, y sus sospechas parecieron confirmarse cuando el hombre comenzó a rascarse la cabeza y la barba—. Y tiene piojos, de dormir en fumaderos de opio.

El hombre rebuscó en su andrajoso pantalón vaquero y lanzó un poco de pelusa al aire, riéndose mientras la alejaba la brisa. Luego, se rascó de nuevo la barba y se puso a mirar al sol, chupándose los labios.

—Está más loco que una cabra —murmuró Tom.

—Sí, es como un fantasma —asintió Dietmar—. Bueno, vámonos a casa.

—No, que él nos puede llevar directamente a los traficantes —Tom se inclinó, excitado, hacia adelante, al tiempo que el hombre cruzaba la plaza y desaparecía por un estrecho pasadizo—. ¡No podemos dejar que se escape!

Dietmar siguió de mala gana a Tom hasta el pasadizo. En el otro extremo vieron tráfico, pero el hombre había desaparecido.

Corrieron hacia el final del pasadizo y se detuvieron en seco, admirados por el espectáculo que se ofrecía ante sus ojos.

—¡Es Skid Road! —dijo Tom emocionado.

A lo largo de la calle se elevaban viejos edificios de mal aspecto, con las paredes sucias. Frente a ellos, y encima de una puerta, unos letreros decían: «Salón de juegos Occidental» y «Cervecería». El ambiente estaba impregnado del ruido y el olor de los coches y camiones que pasaban veloces.

—¡Uh! ¡Esto es fantástico! —dijo Tom—. Y mira, ahí está el *Rascador*.

El barbudo hablaba en la calle con una

BURBANK MS LIBRARY 043

21

mujer que llevaba blusa morada, falda roja y zapatos de tacones altos plateados. Mientras Tom y Dietmar le miraban, el barbudo se alejó. Antes de que pudieran seguirlo, los detuvo una voz.

—¡Eh, chicos!

En una ventana que había sobre ellos se asomaba un rostro de ojos legañosos y boca a la que le faltaban varios dientes.

—¿Habéis visto mi gato, chicos?

Tom negó con la cabeza y se alejaron.

—¡Qué hombre tan extraño! —comentó Dietmar.

—Creí que era una mujer.

Tom miró dentro de un edificio abandonado; el suelo aparecía lleno de botellas rotas. Luego, observaron un hombre que llevaba un trozo de cadena en lugar de cinturón y se aproximaba a ellos.

—¡Sí que es un lugar tranquilo éste! —dijo Tom—. Aquí todos parecen criminales.

El *Rascador* esperaba ante un semáforo. Tom sacó su cuaderno de notas para hacer una descripción del hombre y se dio cuenta de que habían llegado a la esquina de Córdoba y Abbot.

Dietmar le miraba inquieto.

BURBANK MS LIBRARY 043

—Si un bandido de éstos te ve tomando notas, es capaz de matarte —le previno.

—Eso no me preocupa —dijo Tom—. Pero nuestros buenos trajes llaman demasiado la atención.

—Voy a casa a cambiarme —dijo rápidamente Dietmar, dándose la vuelta.

—¡Ni hablar! ¡Tú no te vas! —Tom agarró con fuerza el brazo de Dietmar—. Mira, nuestro hombre se mueve. Vamos tras él.

El *Rascador* caminaba rápidamente hacia la calle Hastings, pero luego torció hacia el oeste. Tras recorrer una manzana, se introdujo rápidamente en un oscuro pasadizo y desapareció. Tom dudó un poco, pero luego entró nervioso en el pasadizo y se detuvo ante una puerta. Estaba cerrada.

Oyó la voz de un hombre, sin distinguir de dónde provenía.

—¿Buscas algo?

Asustado, miró a la izquierda y vio una ventana. Tras ella, un hombre con un bigote rojizo y un puro en la boca estaba sentado, con un periódico en las manos. Miraba a Tom con ojos desconfiados.

—¡No! —dijo Tom, tratando de pensar

algo—. Mi padre me dijo que nos reuniéramos con él aquí.

El hombre chupó el puro, lanzó una nube de humo gris y señaló hacia la calle con la chupada colilla del puro.

—Éste es un club privado —dijo—. Esfúmate, muchacho.

—Pero...

—¡Esfúmate!

—Sí, señor —Tom regresó lentamente a la calle, en la que aguardaba Dietmar, sonriendo.

—¡Maldición! —dijo Dietmar.

—Cállate.

Tom tomó unas notas. Luego, los dos muchachos regresaron a Gastown. Aunque su investigación había sido un fracaso hasta entonces, Tom se sintió mejor mientras se hacía la siguiente promesa:

—¡Volveré a Skid Road!

2

Dos DÍAS después, Tom estaba sentado en un viejo automóvil conducido por el inspector Mort.

Uno de los cristales estaba rajado; las fundas marrones de los asientos, sucias; polvo por todas partes; en el suelo, botes vacíos de batidos de leche. Aquello era una deprimente manifestación de la vida del inspector Mort.

El policía detuvo el coche en un estacionamiento, bostezó y se rascó su enorme estómago.

—Vamos, hijo —dijo saliendo del coche y dirigiéndose a un edificio, junto al que estaban aparcados varios coches-patrulla y motos de la policía—. Si te arrestan tendrás que entrar por esa puerta para que te fichen.

—¿Y por qué me van a arrestar, inspector?

El hombre se encogió de hombros.

—En Vancúver hay muchos chicos que acaban metiéndose en líos.

Se dirigieron a un ascensor; mientras subían, Tom se fijó en algo que habían escrito en la pared: *Un día más y, bang bang, estarás muerto.*

Al salir, Tom vio unas puertas metálicas y un largo pasillo que olía a desinfectante. Un hombre uniformado, que llevaba un llavero con enormes llaves, saludó al inspector.

—Enséñele esto, ¿quiere? —dijo el inspector, señalando a Tom.

—Sí, señor.

El inspector Mort entró en un despacho y se sirvió un café. Mientras Tom seguía al vigilante, se oyó un silbido penetrante.

—Es Charlie —dijo el vigilante, sonriendo—. Está esperando que se lo lleven al manicomio y, mientras tanto, no para de comerse los vasos de papel y de adornar su celda con papel higiénico.

El eco de otro silbido resonó en el pasillo.

—Mira aquí —dijo el vigilante, señalando una puerta de acero provista de una ventanilla—. A este tipo le llamamos *Tigre*.

Tom vio un hombre joven que paseaba de

un lado a otro; tenía el pelo revuelto, su camisa abierta dejaba ver una cicatriz roja. Se detuvo para mirar a Tom con ojos furiosos. Tom se apartó nervioso y el hombre reanudó sus paseos.

—Me ha asustado —dijo Tom—. Tiene mirada de asesino.

—Es un asesino —dijo el vigilante—. Se dedica al tráfico de drogas y está detenido por asesinato.

Tom se estremeció, echando de menos el mundo seguro de fuera. Miró hacia atrás por el pasillo en el momento en que el inspector Mort salía de su despacho.

—Déme las llaves —le dijo al vigilante.

Sacó una llave grande y abrió una celda vacía.

—Entra y mirá cómo es —dijo a Tom.

Tom entró despacio en la celda, fijándose en las iniciales grabadas en las paredes por los detenidos. La puerta se cerró tras él y oyó el ruido de la llave en la cerradura. Asustado, se volvió y vio al inspector Mort que se alejaba.

—¡Eh! —gritó—. ¿Qué pasa?

No hubo respuesta. Tom trató de abrir la puerta y luego se apartó desconcertado. Le habían engañado. Había caído de nuevo en la trampa. Pero ¿por qué?

Oyó otro silbido de Charlie y se tapó los oídos con manos sudorosas. ¿Qué podría hacer? Buscó desesperadamente una forma de escapar. Sus piernas temblaban. Se dirigió a la litera de hierro, donde se sentó, tratando de pensar.

Unos instantes después regresó el inspector Mort y abrió la puerta de la celda.

—¿Qué te ha parecido eso de estar preso? —preguntó jugueteando con las llaves.

Tom lo miró, incapaz de contestar.

—Ven, hijo —dijo el inspector, saliendo de la celda—. Espero que esta experiencia de la vida en prisión te mantenga alejado de cualquier problema.

Tom salió al pasillo, sin poder pensar en otra cosa que no fuera mantenerse alejado del inspector. Aún temblando, le siguió hasta su despacho, donde un oficial joven, de buen aspecto, sostenía una taza de café.

El inspector Mort se dirigió al oficial.

—Bud, este jovencito aún no soporta la prisión. ¿Por qué no le invitas a un refresco?

—Claro que sí, inspector.

Bud sonrió a Tom y le estrechó la mano. Cuando se dirigían hacia el ascensor, el inspector Mort cerró la puerta de su despacho de un portazo.

Bud se echó a reír.

—No le hagas mucho caso al inspector, Tom. Ha detenido a tantos chicos, que piensa que no hay por ahí ninguno bueno. Pero es un gran tipo.

—Eso creo —dijo Tom, recordando que al inspector le había costado trabajo acceder a su visita. Pero ¿lo había hecho de buena gana o había querido asustarle? Confuso por el extraño comportamiento del inspector, no empezó a tranquilizarse hasta que se encontró fuera.

—¿Aún quieres el refresco? —preguntó Bud, que se echó a reír—. Seguro que el inspector no va a pagar. Siempre está mal de fondos.

—Puedo pagar yo —ofreció Tom, pero Bud movió la cabeza y cruzó Main Street en dirección a un edificio pequeño con una placa en la puerta, que decía: *Sólo para miembros e invitados.*

El interior era oscuro y frío y había algunas personas sentadas junto a unas mesitas bajas. Se veían algunos cuadros en las paredes y un pequeño bar.

—Este es el Club de la Policía, donde vienen los agentes libres de servicio —dijo Bud—. Voy por un par de refrescos.

Un hombre que estaba sentado solo sonrió a Tom y le indicó unos asientos vacíos a su lado. El hombre, de pelo y barba rubios, se levantó cuando se acercó Tom, y le extendió una mano enorme.

—Hola. Me llamo Harrison Walsh —dijo, estrechando la mano de Tom con un fuerte apretón.

Tom se presentó y se sentó. A pesar de que casi le había lastimado la mano, le agradó el aspecto amable de aquel hombre, que iba con vaqueros y camisa abierta y llevaba en el cuello un medallón de plata.

Bud llegó con las bebidas.

—¡Hola, Harrison! —dijo mientras se sentaba y se subía los puños de la camisa, dejando al descubierto unos tatuajes azules—. ¿Cómo andas?

—Demasiado ocupado.

—Harrison y yo estuvimos juntos en la patrulla motorizada —explicó Bud a Tom—. Pero Harrison quería más dinero y abandonó el Cuerpo.

—¿Qué hace usted ahora? —preguntó Tom.

—Trabajo en pro de la juventud. Ayudo a chicos y chicas que andan metidos en asuntos de drogas.

—El trabajo de Harrison no es nada fácil —añadió Bud.

—Efectivamente, Tom, el de la droga es un gran problema, especialmente cuando los jóvenes se ven forzados a robar para poder adquirir drogas.

El rostro de Bud estaba serio.

—Una vez que están atrapados, esos chicos se encuentran a merced de traficantes sin escrúpulos, que son capaces de todo, hasta de matar, para defender su negocio.

—Eso es terrible —dijo Tom.

Bud asintió.

—Lo peor de todo es que es verdad. Esta mañana hemos encontrado el cadáver de un policía junto al muelle A-3. Debía de andar tras la pista de algún personaje importante de la red de traficantes de Vancúver, y por eso lo mataron.

Harrison miró a Bud.

—¿Quién era ese agente?

—Un recién incorporado, que trabajaba en secreto en Skid Road. Se llamaba Brian Atkinson.

—¡No! —exclamó Harrison sobresaltado—. Estuve sentado aquí mismo con Brian a principios de esta semana, y estuvimos hablando de su misión secreta. ¡No es posible que haya muerto!

—Pues así es —dijo Bud.

—A lo mejor lo mató *Tigre* —sugirió Tom.

—¿Ese tipo que está encerrado? —Bud negó con la cabeza—. Es imposible, porque lleva varios días detenido.

Harrison miró a Tom.

—¿Te ha enseñado alguien las celdas?

—Sí, el inspector *Wort*.

Los hombres se rieron del chiste y Tom se alegró de haberlos tranquilizado. Resultaba estupendo estar con ellos, escuchando lo que decían acerca de las actividades de la policía.

—Debe de ser magnífico eso de patrullar —le dijo Tom a Bud, esperando que le contase cosas de su vida de policías motorizados.

—Es cierto —dijo Bud—. Lo que más te fastidia es que, encima, algunos conductores se enfaden cuando se les pilla infringiendo la ley.

Harrison asintió.

—Algunas personas están locas —dijo—. Una vez me vi envuelto en un tiroteo con un hombre que disparaba con un rifle desde una ventana. Yo me resguardaba tras un poste de teléfonos, mientras silbaban las balas, y había gente que permanecía en la calle mirando.

—Pero también hay momentos divertidos —dijo Bud—. La semana pasada tuve que ir a la estación de autobuses y me encontré con un hombre en paños menores. Le habían atracado y le habían quitado hasta la ropa.

Tom cogió su vaso.

—Debe de ser una vida muy bonita.

Bud sonrió.

—Estoy seguro que te gustaría dar una vuelta en mi moto, pero eso va contra el reglamento —volviéndose, miró a Harrison—. ¿Tienes. aquí tu moto?

—Claro que sí —dijo Harrison. Sonrió a Tom y sacó un paquete de puros—. Déjame que dé unas chupadas y luego nos iremos a dar una vuelta.

—¡Fantástico, gracias! —Olvidado ya el mal trago que supuso el encontrarse encerrado en una celda, Tom se sentía completamente bien—. Una cosa —preguntó—: ¿Saben ustedes por qué en algunos países no cuelgan a los criminales con piernas ortopédicas?

Hubo un silencio mientras Tom sonreía.

—¡Pues porque los cuelgan con una cuerda!

Riéndose, Bud acabó su bebida y mordisqueó los cubitos de hielo.

—Aquí llevo una cosa interesante.

Tom se inclinó hacia adelante, mientras Bud sacaba una especie de disco de acero dentado.

—Parece una estrella —dijo Tom—. ¿Para qué sirve?

—Para matar —dijo Bud con tono indiferente—. Es un arma oriental llamada *shuriken.* Se lanza con un golpe de muñeca y es terriblemente mortal.

Tom observó aquel objeto, preguntándose cómo podría estar Bud tan indiferente; aunque quizá se debiera al hecho de codearse con criminales a diario.

—¿Dónde lo consiguió? —preguntó.

—En el curso de una investigación —respondió Bud—. Eso me recuerda que tengo que regresar al trabajo; bueno, quizá nos veamos de nuevo.

—Sería estupendo.

Bud arrancó la cubierta de una caja de cerillas y apuntó un número de teléfono en el reverso.

—Éste es mi teléfono —dijo—. Llámame cuando quieras y tomaremos otro refresco.

—Gracias —dijo Tom, sonriendo feliz.

Después de marcharse Bud, Harrison tomó un casco de motorista y se dirigieron juntos a la callejuela posterior, donde estaba aparcada una enorme *Harley-Davidson.*

Harrison se puso unas gafas de sol plateadas y en sus cristales se reflejó el rostro entusiasta de Tom.

—Ahí llevo otro casco —dijo Harrison, abriendo una de las bolsas laterales de la moto—. Creo que te estará bien.

El casco olía a cuero y sudor. Tom se encontró a sus anchas al sujetarse el casco y subirse en la moto, detrás de Harrison, deseando que pudieran verle sus amigos.

Arrancaron con un rugido, dirigiéndose hacia el final de la callejuela. Unas palomas asustadas levantaron el vuelo y un hombre se apartó de un salto, a medida que aceleraban.

Tom tuvo una rápida visión de Maple Square, antes de que volaran por Water Street. Harrison se echó hacia la izquierda, la moto se inclinó hacia el suelo y Tom apretó sus puños mientras el rugiente motor desarrollaba mayor potencia.

Harrison volvió la cabeza.

—¿Divertido? —gritó.

—¡Fantástico! —gritó Tom a su vez; su voz casi se perdió en el viento que golpeaba su rostro.

Harrison aceleró más y pronto estuvieron de vuelta en Main Street, frente a la comisaría de policía. Allí los detuvo un semáforo en rojo.

—Vamos a seguir hasta los muelles —dijo Harrison.

Tom sonrió contento. El motor rugió de nuevo y su cabeza se fue hacia atrás al arrancar la moto con un chirrido de neumáticos, en dirección al norte, hacia los muelles.

Cuando apareció el puerto, le llegó a Tom el olor salado del mar; la luz del sol se reflejaba en las aguas azules y sobre el puerto se veían numerosas gaviotas que se dejaban arrastrar por las corrientes de aire cálido. Cuando Harrison paró el motor, oyeron los penetrantes graznidos de las preciosas aves blancas.

—¡Qué vista! —dijo Tom, mirando a lo lejos, hacia la parte norte de Vancúver, donde las casas se diseminaban por las laderas de las montañas. Apareció entonces un hidroavión, que se posó suavemente sobre las olas.

—¿Dónde está el muelle A-3? —preguntó Tom.

—En aquella dirección —dijo Harrison, señalando hacia el frente—. ¿Por qué lo preguntas?

—¡Oh, por nada especial! —dijo Tom, avergonzado por dejar ver su intención de buscar en el muelle alguna pista relacionada con el asesinato del policía.

Harrison puso en marcha el motor y se alejaron de allí tras otro rugido. Al llegar a Main Street se dirigieron hacia un letrero que decía: SHELL, y se detuvieron junto al surtidor. Mientras Harrison desenroscaba el tapón del depósito de gasolina, Tom se bajó, para estirar las piernas.

—Gracias por el paseo —dijo—. Desde aquí puedo ir andando.

Harrison sonrió.

—Quizá nos veamos otro día.

—¿Podríamos dar otro paseo?

—Buena idea. ¿Tienes el papel con el teléfono de Bud? —Tom lo sacó y Harrison apuntó su número.

—¡Dónde vive usted? —preguntó Tom.

—En una barcaza, cerca del Hotel Bahía.

—Estupendo —dijo Tom—. Me encantaría conocerla.

Harrison se rió.

—Es sólo una pequeña vivienda. Llámame cuando quieras e iremos a verla.

—Gracias —dijo Tom.

Se quedó mirando mientras Harrison llenaba el depósito de gasolina de la moto, recordando el buen rato que habían pasado. Entonces salió del lavabo de la estación de servicio una chica de unos dieciséis años y Harrison apretó el brazo de Tom.

—Una de mis clientes —dijo—. Será mejor que te vayas, Tom.

—Claro.

Tom observó a la chica, cuyo pelo lacio caía sin gracia enmarcando un rostro sin vida. Miraba nerviosa. Sujetaba un cigarrillo con sus delgados dedos, mientras se dirigía temblorosamente hacia la moto. Tom comprendió el enorme problema con el que se enfrentaba Harrison en su trabajo.

Se despidió y regresó en dirección a la comisaría de policía, pensando en el agente asesinado y en su idea de buscar en el muelle A-3 alguna pista. Su proyecto era peligroso, pero quizá le permitiera conseguir información sobre el tráfico de drogas en Vancúver. Si así fuera, valía la pena correr el riesgo.

3

EL DOMINGO, los muchachos y los abuelos de Tom decidieron visitar el zoo. A Dietmar no le gustó nada la caminata por el paseo marítimo que bordea el Parque Stanley.

—Me han salido ampollas en los pies —dijo secándose el sudor de la frente—. Estoy seguro de que llevamos andando varias horas.

La abuela sonrió.

—Haz un esfuerzo y sigue andando, Dietmar, que ya comeréis algo luego tú y Tom.

Dietmar se animó y observó el puente cercano que se extendía desde un risco escarpado, muy por encima de ellos, hasta la orilla opuesta.

—¿Eso que hay en el puente es un restaurante?

—No —dijo la abuela—. Es un puesto de

vigilancia para dirigir el tráfico de los barcos que entran y salen del puerto.

Siguieron la curva del paseo y llegaron a un pequeño faro. En el paseo marítimo estaba estacionado un camión-taller con un rótulo que decía: *Transportes Canadá*, y Tom vio unos hombres que estaban almorzando. Con gran sorpresa por su parte, vio que el inspector Mort estaba sentado con aquellos hombres.

El abuelo también se sorprendió.

—¡Hola, inspector! —dijo—. ¿Qué hace usted por aquí?

—He salido a dar un paseo —dijo con su voz malhumorada—, y me he parado a charlar con estos mecánicos.

Uno de los hombres sonrió.

—No ha parado de hacernos preguntas; sin contar los bocadillos nuestros que se ha comido.

El abuelo se echó a reír.

—¿Cómo es que están ustedes trabajando en domingo? Parece raro.

El hombre señaló hacia el faro.

—La sirena está estropeada y hay que repararla inmediatamente. El problema está en que no sabemos la causa.

—Les he dado algunas ideas —dijo el inspector Mort—. Los fallos de las máquinas me interesan más que los de las personas.

—Bueno —dijo el abuelo—, será mejor que nos marchemos.

Mientras se alejaban, Tom notó que el inspector y los hombres permanecieron en silencio hasta que estuvieron solos. Luego, se volvió para mirar la plataforma del puente que cruzaba sobre ellos.

—¿Es ése el puente Golden Gate?[1] —preguntó.

---

[1] *Golden Gate:* puente que cruza la bahía de San Francisco. *(N. T.)*

—Te has equivocado de ciudad —dijo el abuelo, con cara de disgusto por el escaso nivel geográfico de Tom—. Éste es el puente Lions Gate.

—¡Oh! —dijo Tom—. Me parece que he metido la pata —para tratar de ocultar su error, pensó en algo de lo que le gustara hablar a su abuelo—: ¿Crees que alguien podría lanzarse al agua desde allí, abuelo?

—Es posible, pero el choque contra el agua sería como si lo hiciera contra hormigón armado.

Dietmar sonrió.

—Inténtalo tú, Tom.

Éste observó los pilares en que se apoyaba el puente.

—Yo pienso que uno podría subir hasta el puente utilizando esos salientes de los pilares. ¿No crees, abuelo?

—Me figuro que sí, pero la caída supondría la muerte instantánea.

—¡Qué conversación más horrible! —dijo la abuela—. Vayamos al zoo a ver los monos.

—¿Por qué ir al zoo, abuela, si ya tenemos a Dietmar? —dijo Tom, riéndose. Se volvió y divisó un gran barco blanco que salía del puerto. Su sirena resonó en el puente y su proa, al deslizarse por el agua, levantaba un oleaje reluciente.

—Ese es el *Princesa de Vancúver* —dijo la abuela—, que acaba de salir del muelle A-3 y se dirige a Nanaimo.

—¿El muelle A-3? —dijo Tom—. Ese es...

—¿Es qué?

—¡Oh, no, nada! —dijo Tom, para no preocupar a sus abuelos con sus planes—. ¿Dónde está el zoo, abuela?

—Exactamente pasado el Lumberm's Arch —dijo ella, señalando un monumento hecho con enormes troncos de cedro. Cerca de él, unas personas miraban a un hombre que llevaba las manos en los bolsillos.

Una ardilla marrón miraba también al hombre. Moviendo nerviosamente los pelos del hocico, avanzó con cuidado y, luego, de repente, trepó por la pierna del hombre, cogió un cacahuete de su bolsillo y se alejó.

Los mirones aplaudieron y el hombre hizo una reverencia. Lamentando no tener unos cacahuetes para ensayar el número, Tom se dirigió con sus abuelos a ver los osos polares.

En lugar de mostrarse fieros, dormitaban al sol con la lengua rosada colgando fuera de la boca. Una muchedumbre rodeaba su gruta, esperando que hicieran algo, pero sólo uno de ellos levantó su gran cabeza, miró malhumoradamente a su alrededor y volvió a tumbarse.

—Podría ser el inspector Mort disfrazado —dijo Tom riéndose—, sobre todo si lees ese letrero.

Señaló hacia un cartel que decía: *Los osos polares tienen un carácter impredecible y son peligrosos.*

—Bueno, Tom —dijo el abuelo, haciendo esfuerzos por no sonreír—, sé más considerado.

La abuela abrió el bolso.

—Aquí tenéis dinero para que toméis algo —dijo—. Nos veremos más tarde en el restaurante.

—De acuerdo, abuela —dijo Tom—. Y gracias por la invitación.

Los muchachos sintieron la tentación de seguir una flecha que indicaba hacia el estanque de la foca, pero decidieron comer algo primero y se encaminaron por un sendero bordeado de árboles.

—¿Qué es lo que tiene cuatro ruedas y *alas?* —preguntó Tom.

—No sé. ¿Algún tipo de avión?

—¡Un camión de basura! [2] —Tom se echó a reír. De pronto señaló en dirección a una zona de estacionamiento que había junto al restaurante—. ¡Mira!

—¿Qué? —preguntó Dietmar sobresaltado.

—¡Parece una persona muerta! —dijo Tom excitado, señalando un Volkswagen, del que de una puerta, que estaba abierta, salían dos pies. En aquel momento los pies se movieron, y se incorporó un hombre, frotándose los ojos somnolientos.

Dietmar soltó una carcajada.

—¡El gran detective se estrella de nuevo!

—¡Está bien! —dijo Tom—. No puedes ganar siempre.

Se dirigieron al restaurante y se sentaron a una mesa. Cuando la camarera ya había tomado su encargo, entraron varios jóvenes con Harrison Walsh.

El hombre rubio saludó a Tom con la mano y se sentó con sus acompañantes. Tom estaba observando sus rostros delgados y sus ropas desvaídas, cuando la camarera

---

[2] Juego de palabras. En inglés «flies» puede significar *alas* o *moscas*. (N. T.)

les sirvió sus batidos de naranja y le acercó a Tom un papel.

—La cuenta, señor —dijo.

La mujer tomó el dinero que le entregó Tom. Cuando se hubo marchado, Tom se inclinó hacia Dietmar.

—Es una drogadicta —susurró.

—¿Cómo lo sabes?

—Mira su brazo derecho —en la parte interior del brazo de la mujer, a la altura del codo, se veían unas manchas azules—. Son marcas. Todos los drogadictos las tienen.

Dietmar entornó los ojos y observó a la mujer, que volvía con el cambio. De pronto se echó a reír.

—¿En qué consiste el chiste? —preguntó la mujer.

—No es nada —dijo Dietmar, riéndose de nuevo—. Se trata de este fantasma con el que estoy.

La mujer miró a Tom antes de darle el cambio y marcharse.

—¿Se puede saber qué pasa? —susurró Tom enfadado—. Me ha mirado como si yo fuese un monstruo de dos cabezas.

—Sí —dijo Dietmar riendo entre dientes—, pero sólo medio cerebro. ¡Esas marcas las ha hecho el bolígrafo que lleva en el bolsillo!

—¿Qué?

En el bolsillo de la mujer asomaba un cuadernillo para los pedidos, y un bolígrafo, cuya punta rozaba su brazo desnudo.

Intentando ignorar la risita de Dietmar, Tom se inclinó sobre su batido. Mientras sorbía la crema de leche y naranja con una pajita, se preguntó si debía contarle a Dietmar su teoría sobre Harrison Walsh. No iba a discutir asuntos secretos de la policía, pero tenía que recuperar su reputación como detective, después de haber actuado como un estúpido en los casos del hombre del Volkswagen y de la camarera.

—Está bien, Dietmar —dijo—. He decidido contarte una cosa, pero tienes que jurar guardar el secreto.

—¿Vale la pena?

—Puedes estar seguro.

—De acuerdo —dijo Dietmar—. Lo juro.

—¿Ves ese hombre rubio?

—Sí.

—No es lo que parece —dijo Tom en tono misterioso—. Lo conocí hace poco y asegura que trabaja para los jóvenes, pero es mentira.

Dietmar movió la cabeza.

—¿Es ése tu gran secreto? —dijo en tono burlón.

Tom ocultó la boca tras una mano.

—La verdad es que pertenece a la policía secreta.

Dietmar pareció interesarse por un momento, pero enseguida volvió a burlarse.

—Eso suena a otra estúpida teoría, Austen. ¿Cómo sabes que es un poli?

—Elemental, mi querido Dietmar —Tom tomó un sorbo, saboreándolo con placer, sabiendo que había picado la curiosidad de Dietmar—. En primer lugar, lo conocí en el Club de la Policía. ¿Dejarían entrar en el club a alguien que no fuese policía?

—A ti te dejaron entrar.

Tom dudó un poco, dándose cuenta de que su teoría no era perfecta.

—Bien, es verdad —dijo—, pero allí me dijeron que ese hombre dejó su trabajo de policía, por otro en pro de los jóvenes, para ganar más dinero. Todo el mundo sabe que el trabajo de policía está mal pagado.

—¿Es ésa toda la prueba que tienes? —Dietmar se inclinó sobre la paja de su vaso vacío y sorbió con fuerza, haciendo un gran ruido. La camarera se detuvo en su camino y se

50

volvió sorprendida. Dietmar señaló a Tom—:
¡Ha sido él!

Tom le dio a Dietmar un fuerte codazo.
Cuando se fue la camarera, continuó su
teoría:

—Me imagino que ese hombre lo que hace
es aparentar ayudar a los jóvenes, pero, en
verdad, su misión es conseguir información
sobre el tráfico de drogas en Vancúver.

Dietmar había perdido todo interés por la
teoría de Tom. En un momento en que la
camarera estaba distraída, tomó varias boca-
nadas de aire con la paja y luego dejó
escapar un eructo, al tiempo que se ponía en
pie y se dirigía a la puerta haciendo un gesto.

Intentando apaciguar a la enfadada camarera con una sonrisa, Tom se levantó de su
asiento y se dirigió de espaldas hacia la
puerta.

—Lo siento —dijo con gesto compungi-
do—. Lo siento.

Al salir, echó un vistazo hacia el rincón;
Harrison le sonrió amistosamente, pero Tom
temía haber perdido su aprecio. Fuera, pensando ya con más calma, decidió que la
mejor manera de recuperar la estima de

Harrison sería encontrar alguna pista valiosa en el muelle A-3.

Así pues, decidió ir allí al día siguiente por la mañana; inmediatamente se sintió aliviado. Nada mejor que un buen misterio para levantar el ánimo.

4

Tom DESCENDIÓ por una pendiente roco-
sa que llegaba hasta el agua y tomó un
objeto que había bajo su grasienta superficie.

—Es una bota —le dijo a Dietmar, sacán-
dola fuera del agua.

—¡Vaya suerte! —dijo Dietmar desde lo
alto de la pendiente.

Tom observó el cuero podrido de la bota.

—Puede que haya algo dentro.

—Espero que no sea un pie —dijo Dietmar
riéndose.

Tom le dio la vuelta, pensando que a lo
mejor podría descubrir que había pertenecí-
do al policía muerto, y la arrojó de nuevo al
mar. Se secó los dedos sucios, subió la pendiente y miró al muelle A-3.

—Nada —dijo desanimado—. Una hora
de búsqueda y no he encontrado ni una sola
pista.

—Inténtalo en las páginas amarillas —dijo Dietmar burlonamente.

Tom observó el puerto, preguntándose si no sería mejor olvidarse del policía muerto y dedicar su esfuerzo a tratar de descubrir, para el inspector Mort, traficantes de drogas.

—Ya sé cómo operan los traficantes —dijo, esperando impresionar a Dietmar—. Utilizan una especie de vehículo submarino para traer a tierra las drogas desde los cargueros.

—Es posible —admitió Dietmar—. Yo vi en la televisión una película en la que utilizaban un vehículo de ésos para pasar contrabando.

Animado por el comentario de Dietmar, decidió pensar seriamente en el vehículo submarino, que era algo que se le había ocurrido sin ton ni son. Observó una gaviota que se lanzó sobre el mar y se elevó en seguida con un pez que daba coletazos; luego, dirigió la vista a lo largo de la costa hasta un gran hotel.

—Ése es el Hotel Bahía —dijo señalando hacia él—. Junto a él vive un amigo mío, en una barcaza. ¿Quieres venir a verla?

—De acuerdo, pero vamos rápido. Mi tío

me va a llevar de camping un par de días y nos marcharemos a primera hora de la tarde.

Tom asintió y en ese momento divisó un disco de metal oxidado que levantó del suelo.

—A lo mejor es un *shuriken* —dijo, recordando el arma oriental que le había mostrado Bud en el Club de la Policía—. ¡Podría ser una pista!

—Nada de eso —dijo Dietmar—. Es el piñón de un coche.

—Creo que tienes razón —dijo Tom, arrojándolo al mar. Por un momento dudó si habría cometido un error, pero se encogió de hombros y sacó un chicle. Le dio un trozo a Dietmar y señaló hacia una de las torres de oficinas que se alzaban junto al puerto—. ¿No has oído nada de los dos locos que se tiraron desde lo alto de ese edificio?

—¿Qué les pasó?

—A mitad de camino, uno de ellos se volvió al otro y le gritó: «Hasta ahora todo va estupendo.»

Dietmar estalló un globo de chicle.

—Deberías contar tus chistes en televisión.

—¿De veras? —dijo Tom, encantado.

—Sí, así podría yo apagarla.

Tom venció la tentación de seguir contando chistes y se dirigieron en silencio hacia las barcazas. Se adentraron por un muelle de madera, que crujía con el oleaje, y miraron sorprendidos el tamaño de las lujosas barcazas.

—Deben costar una fortuna —dijo Tom, dirigiéndose al ventanal de una de ellas—. Mira qué muebles más caros y las paredes empapeladas.

—Siempre creí que estas barcazas viviendas eran más humildes.

—Yo también —dijo Tom—. Harrison dijo que la suya parecía una pequeña cabaña.

Dietmar miró a todo lo largo del muelle.

—Aquí no hay ninguna cabaña. Ese tipo debe vivir en otro sitio.

Tom negó con la cabeza.

—Dijo que vivía junto al Hotel Bahía.

—Mira ese canario —dijo Dietmar, indicándole un pajarillo amarillo que revoloteaba desesperadamente, dándose golpes contra la ventana de una barcaza, intentando escaparse. En una pasarela cercana, un gato de color rojizo miraba fijamente al canario, moviendo la cola.

—¡Pobre canario! —dijo Tom—. Me gustaría poder ayudarle.

—Desengañado de no encontrar traficantes imaginarios, ¿no? —dijo Dietmar con tono burlón; luego miró su reloj—. Me voy a casa.

Desanimado por el comentario de Dietmar, Tom trató de encontrar otra forma de seguir con sus pesquisas. El muelle A-3 había sido un fracaso, pero aún quedaba el club donde el *Rascador* había sido recibido por aquel tipo del puro. Decidió ir al día siguiente y se animó.

—¡Qué mala suerte con ese aburrido viaje de camping! —dijo—. Te vas a perder lo bueno.

Dietmar se echó a reír.

—¿Lo bueno? Lo bueno es el camping.

EL CIELO estaba frío y gris cuando Tom llegó a una zona de césped y árboles llamada Plaza Victoria; eligió un banco desde donde veía perfectamente el oscuro pasadizo que conducía al club del *Rascador.*

En los bancos cercanos dormitaban algunos habitantes de Skid Road, o bebían en unas botellas que tenían ocultas en bolsas de papel. Las palomas dormían sobre la hierba; cerca de ellas estaba tumbado un hombre que se resguardaba del frío con unos periódicos.

Tom estaba demasiado nervioso para tomar notas, así que decidió memorizar todo. Observó cómo se acercaba un hombre que llevaba un traje arrugado y se dio cuenta, con desagrado, que intentaba compartir su banco.

—Te van mal las cosas, ¿eh, amigo? —dijo el hombre, mirándole a través de unas gafas de sucios cristales.

Tom no había preparado ninguna historia falsa.

—No, no —tartamudeó—. Me van bien.

El hombre se sentó con gesto cansado.

—Vuelve con tu padre y tu madre, jovencito. No importa lo duras que sean las cosas, escaparse no es una solución.

—Yo no me he escapado.

El hombre movió la cabeza.

—Pareces bastante harapiento —se subió las gafas a la frente y se dispuso a dormir.

Tom sonrió, dándose cuenta de que ahora no desentonaba en Skid Road. Llevaba unos vaqueros deshilachados, una camisa raída y unos zapatones viejos y desgastados; por la mañana, antes de salir de casa sin que le vieran sus abuelos, se había ensuciado el pelo.

Un insecto de patas temblorosas se posó en su brazo. Lo miró un momento y luego observó atentamente el oscuro pasadizo que conducía al club del *Rascador*.

Durante el tiempo que llevaba allí, habían salido del pasadizo varios tipos de mal aspecto, pero no había la menor señal del *Rascador* ni de ningún otro tipo suficientemente sospechoso como para seguirle. El día se volvió más frío y Tom se encontraba desanimado, tiritando bajo su ropa vieja; desesperado, decidió seguir a la primera persona que saliera del club.

Resultó ser una mujer de aspecto extraño. Llevaba el pelo tan corto que casi parecía calva. Miró a su alrededor con ojos grandes y claros, que a Tom le recordaron a Minnie Mouse, y se dirigió hacia el este por la calle Hastings.

¡Acción, por fin! Tom se lanzó tras Minnie y al cabo de breves minutos llegaron a unos grandes almacenes. Ella se detuvo a mirar unas cámaras de elevado precio.

Los vendedores la miraron y se acercaron. Al parecer no se fiaban mucho de ella. Tom también estaba convencido de que Minnie tenía un aspecto sospechoso, pero no notó nada anormal en ella mientras caminaba por el almacén.

Finalmente, Minnie llegó a la sección de libros, eligió uno de poesía y comenzó a leer la primera página. Tom sintió la tentación de ojear la colección de títulos de los *Hardy Boys* [1], pero a lo mejor quedaba Minnie fuera de su vigilancia.

---

[1] Novelas policíacas protagonizadas por los hermanos Hardy. (*N. T.*)

—¡No! ¡No!

Tom volvió la cabeza hacia el lugar de que procedían los gritos y se acercó para ver lo que sucedía. Un chico de unos quince años yacía en el suelo, con los brazos levantados para protegerse; cerca, un hombre luchaba por sujetar a otro chico, el cual gritaba:

—¡A mí no me traiciona nadie! —sus pómulos sobresalientes le daban aspecto de lobo.

—¡No! —el chico del suelo retrocedía con cara de miedo—. ¡No me hagas nada!

De pronto, el chico de cara de lobo se soltó del hombre y sacó una navaja. Brilló una hoja plateada, pero el hombre se abalanzó sobre él y le hizo soltar el arma, que cayó al suelo, botó y fue a parar a los pies de Tom.

Este retiró rápidamente la navaja para mantenerla alejada y evitar cualquier herida. Mientras miraba la hoja, oyó pasos que se acercaban corriendo y alguien le sujetó por el brazo.

—No te muevas —dijo una voz de mujer—. Soy detective del almacén.

Tom miró a la mujer, cuyos ojos parecían de acero.

—Dame tu navaja —le ordenó.

—No es mía —dijo Tom con voz débil. Se la dio, temblándole la mano.

Sin soltar a Tom, la mujer abrió un bolso que colgaba de su hombro y rebuscó dentro. Sacó un radio-teléfono con un cordón negro enroscado que se perdía en el interior del bolso.

—Emergencia —dijo—. Necesito ayuda.

Tom sintió pánico. Por su mente cruzó el horrible recuerdo de las celdas de la policía; miró a la mujer y, sin pensarlo dos veces, le dio un fuerte pisotón.

El dolor se reflejó en la cara de la mujer, que aflojó su presión sobre el brazo de Tom. Éste se soltó de un tirón y echó a correr. El hombre llegó a sujetarlo, pero el chico de cara de lobo le dio un golpe que le hizo perder el equilibrio. Tom se dirigió hacia una puerta cercana y salió a la calle, jadeando mientras corría. Se detuvo ante un semáforo en rojo y de repente sintió una mano que tocaba su hombro; se volvió y se encontró con el chico de la cara de lobo.

—Por aquí —dijo.

—Sin pensarlo, Tom corrió tras el chico a través de una zona de estacionamiento hasta llegar a una callejuela donde se detuvieron.

—Tienes buenos reflejos —dijo el chico, respirando con fuerza—. Al pegarle a aquella detective del almacén creaste la confusión que yo necesitaba para escaparme.

—¿Pero a qué se debía la pelea?

—Me encontré en el almacén con aquel chivato. No me gusta la gente que me crea problemas.

—¿Ibas a matarle?

El chico de cara de lobo sonrió.

—Perdí los nervios. Dime, ¿cómo te llamas?

—Tom Austen.

—A mí me puedes llamar Spider —observó la ropa andrajosa de Tom y movió la cabeza—. Otro escapado, ¿no? Escúchame, Tom, yo te debo un gran favor por haberme ayudado.

Tom apenas oía las palabras del otro. Su mente estaba en el almacén, donde, en aquellos momentos, la mujer estaría hablando de él a la policía.

—Tengo que volver allí para decirles que yo no tenía nada que ver.

Spider se echó a reír.

—¿Crees tú que van a creer a alguien que se ha escapado?

—No lo sé —admitió Tom.

—Nadie sabe quién eres, así que harán un informe y se olvidarán del asunto. No hubo heridos, no lo olvides, y tampoco robamos nada.

—Eso es cierto.

Spider observó a Tom y sonrió.

—Me gusta tu estilo, Tom. Me vendría bien alguien como tú.

—No entiendo.

Spider miró a lo largo de la callejuela, que estaba desierta, a excepción de unas cajas que había junto a una furgoneta de reparto. Pasó el brazo por los hombros de Tom y se alejaron de la furgoneta.

—Necesitas dinero, ¿no es cierto? —Spider miró fijamente a Tom—. ¿Te interesa trabajar conmigo?

Tom dudaba, sin comprender lo que decía Spider. Era difícil concentrarse, estaba preocupado aún por lo que había pasado en el almacén.

—Necesito un correo, Tom, alguien que lleve paquetes de mi parte.

—¿Paquetes?

—Algunos dicen que contienen «felicidad».

—¿Quieres decir drogas?

Spider asintió.

—¿Te interesa?

—Creo que no —dijo Tom, mirando a Spider. Con aquellos pómulos abultados, ojos estrechos y pelo oscuro, parecía peligroso. Incluso había algo preocupante en la camiseta oscura y los vaqueros que llevaba—. Nunca he hecho nada parecido.

Spider sonrió.

—Mira, Tom —dijo con tono amistoso—, tú eres novato en eso de huir de casa, ¿no? ¿Qué vas a hacer para conseguir dinero?

—No estoy seguro, pero...

Spider levantó una mano.

—Yo te lo diré. Te explicaré mi plan y luego tú decides si te quedas conmigo o te vas. No pierdes nada con eso.

—Bueno, está bien.

—¡Buen chico! Vamos a Oppenheimer Park, y luego tú decidirás.

Tom se sentía atemorizado. Por un lado, el miedo a Spider; por otro, la certeza de que había encontrado una persona relacionada directamente con el tráfico de drogas en Vancúver.

Si tenía el valor suficiente para permanecer junto a Spider, podría conseguir información muy valiosa para la policía. Pero, ¿no estaría cometiendo una locura?

5

UN GRUPO de chicos jugaban al béisbol en el parque Oppenheimer; Spider y Tom se sentaron a la sombra de unos árboles, lejos del bullicio.

—Estoy metido en este negocio sólo para ganar dinero —dijo Spider—, pero necesito tu ayuda para ganar más.

—¿Cómo?

—Primero tengo que hablar de esto con mi jefe, pero no creo que haya ningún inconveniente. Mi trabajo consiste en retirar la droga de mi jefe, luego voy por ahí vendiéndola, y ya es hora de que tenga alguna ayuda.

Spider hizo una pausa, pensando en su plan.

—Creo que podríamos contratarte para que vendas la droga a chicos como esos que juegan al béisbol. Más adelante reclutaríamos más vendedores y podríamos ganar una fortuna.

—¿Y no es peligroso, ya que va contra la ley?

Spider se echó a reír.

—Mira, Tom, hemos conseguido poner en marcha un buen negocio y no nos han pillado nunca. Nosotros te protegeremos y te enseñaremos los trucos necesarios para seguir adelante. ¿Qué me dices?

—No estoy seguro.

Tom miró a los chicos que jugaban al béisbol, en el momento en que el bateador golpeaba con fuerza la pelota, enviándola hacia donde ellos se encontraban. Un contrario, de pelo rizado, corrió tras ella y luego la lanzó hacia un compañero, pero no logró impedir una «carrera». Tom sintió pena, porque el muchacho de pelo rizado era demasiado joven como para andar comprándole drogas a Spider.

—¿Se supone que tengo que vendérsela a chicos como ése?

—Exactamente —dijo Spider con tono animado—. Es una idea estupenda. Todo lo que tienes que hacer es merodear por este par-

que, darte a conocer a los chicos y pasarles algo de droga gratis. Al poco tiempo se habrán acostumbrado a ella, y entonces empiezas a cobrarles. Es facilísimo.

—¿No son muy jóvenes esos chicos?

Spider se encogió de hombros.

—Sólo los débiles tomarán tu mercancía, así que tenemos que ser los primeros. Yo nunca tomo droga y no me dan pena los que la toman. Me limito a vender un producto, lo mismo que una tienda de licores vende bebidas alcohólicas.

69

Tom sintió la tentación de decirle que las tiendas de licores no venden a niños, pero prefirió permanecer callado. Si hablaba demasiado, Spider dejaría de interesarse y él no podría conseguir información suficiente para meter a Spider y a su jefe entre rejas.

Sonriéndose, miró a Spider a la cara.

—Bueno, ¿cuándo empiezo?

Spider sonrió.

—¡Buen chico! De acuerdo. Yo tengo que reunirme con mi jefe dentro de una hora y le contaré mi plan. Mientras tanto, vamos a que comas algo.

Spider se puso en pie, disfrutando visiblemente del dinero que esperaba ganar con su plan. Cuando salían del parque, las nubes dejaron caer unas gotas, como anunciando el aguacero que, indudablemente, se avecinaba. Tom se estremeció, deseando estar en otro sitio, lejos de Spider.

Después del aviso, comenzó a llover fuertemente. Tom y Spider echaron a correr por la calle, adelantando a una señora que se cubría la cabeza con un periódico, y, finalmente, se refugiaron en un portal.

Volviéndose de espaldas, para resguardarse del viento, Spider comenzó a liar un cigarrillo. Mientras tanto, Tom miraba desolado la gente que pasaba, pensando lo bien que hubiese estado en casa, tomándose una taza de chocolate caliente y leyendo una novela policíaca.

Una jovencita, con el pelo negro lacio pegado a la cara y con el agua corriéndole por la regordeta cara, venía hacia ellos. Tenía la nariz roja por el frío, y el maquillaje de los ojos le resbalaba, formando unos trazos negros. Con gran sorpresa de Tom, les sonrió.

—¡Hola! —dijo, deteniéndose en el portal.

—¡Hola! —dijo Tom, indeciso.

Spider se volvió después de liar el cigarrillo y vio a la chica.

—¿Qué hay, ZZ?

La chica sonrió.

—Me alegro de verte.

Spider aspiró un poco de humo y señaló a Tom.

—Este es Tom Austen.

La chica sonrió imperceptiblemente a Tom y volvió la mirada a Spider. Eran tan evidentes sus sentimientos por éste, que Tom se sintió embarazado. Una vez hechas las presentaciones, dejaron sitio a la chica en el portal.

—¿Por qué no te resguardas de la lluvia?

—Está bien, si no os importa.

La chica enrojeció un poco al situarse junto a Spider. Tom observó su maquillaje de ojos de color verde, sus pendientes imitación de plata, su abrigo marrón que no creía que fuera de cuero auténtico, mientras se preguntaba si debería iniciar algún tipo de conversación.

ZZ se le adelantó.

—¡Qué tiempo! —dijo, sacudiéndose el agua del pelo—. Espero que no te hayas empapado, Spider.

—No —dijo éste, echando un vistazo a su camiseta mojada—. Es que acabo de salir del baño.

Tom sintió pena por la chica, que le sonrió.

—No estoy acostumbrada a la lluvia de Vancúver —dijo—. Acabo de llegar a la ciudad.

Spider arrojó su cigarrillo que, resbalando por el suelo, cayó en un charco.

—Tengo una idea —le dijo a la chica—. ¿Qué tal si le preparas algo de comer a Tom?

—De acuerdo —dijo ella, encantada de

servir para algo—. ¿Vienes tú también, Spider?

—No, pero os veré más tarde.

Spider salió del portal y se alejó con paso rápido. Tom aguardó hasta que dio la vuelta a una esquina y ZZ no podía seguir viéndole más. Después, sonrió y dijo:

—Bueno, la verdad es que estoy hambriento.

La alegría de ZZ había desaparecido con Spider y sus ojos estaban tristes. Pero, al poco rato, hizo un gesto con la cabeza y sonrió a Tom.

—¿Eres amigo de Spider?

—Pienso que sí.

—¿Has estado alguna vez en el barrio chino?

—No.

—Entonces, vamos —dijo ZZ saliendo a la calle.

Respirando profundamente, Tom abandonó el portal y sintió el frío azote de la lluvia en su piel. Se cruzó con personas más inteligentes, provistas de paraguas, y rápidamente se encontró totalmente empapado.

Afortunadamente, el barrio chino no estaba lejos y Tom se animó un poco cuando, después de torcer hacia la calle Pendes, ZZ se detuvo bajo un gran toldo, para observar la amplia variedad de vegetales expuestos en unas cajas de madera. En cada caja, un letrero indicaba su nombre en chino y en inglés.

—Me encanta el barrio chino —dijo ZZ, sonriendo a Tom—. Me encantaría que Spider hubiera venido, pero a él no le interesa.

—¿Eres su novia?

ZZ enrojeció, con cara feliz.

—¿Tú qué crees?

—Bueno, no lo sé. Sólo lo pensaba.

—Desearía que fuera mi novio —ZZ permaneció un instante con cara triste y luego sonrió—. Espero que lo sea algún día.

—¿Por qué?

—No lo sé —ZZ eligió una lechuga y entró en la tienda a pagar. Tom aguardó bajo el toldo, observando los vendedores que llenaban la calle; la mayoría hablaba chino. Aunque estaba empapado y sentía frío, Tom estaba encantado de haber conocido aquella zona.

—Eh —dijo ZZ apareciendo a su lado—. ¿Quieres ver algo poco corriente?

—Claro que sí.

ZZ se encaminó hacia un almacén bullicioso y se dirigió por sus abarrotados pasillos hasta un mostrador.

Tom vio un montón de pieles de serpiente; estaban enrolladas, formando un círculo, con la cabeza y la cola amarradas con tres cintas de color naranja.

—¿Para qué son?

—No lo sé. Me da miedo preguntarlo.

Tom vio un hombre que trabajaba tras el mostrador.

—Perdone, señor. ¿Para qué sirven esas pieles de serpiente?

—Se emplean desde muy antiguo para curar diversas enfermedades —dijo el hombre sonriendo—. También se utilizan para eso las pieles de sapo.

Junto a las de serpiente había otro montón de pieles de sapo, aplastadas, con las patas delanteras y traseras extendidas. Tom las observó, lamentando no tener una para ponérsela a Dietmar en el bocadillo, en la escuela.

—¡Qué sitio! —le dijo a ZZ—. Me está encantando.

—Quizá puedas conseguir que Spider venga contigo la próxima vez.

Abandonaron la tienda, contentos de ver que llovía muy poco. Mientras caminaban, ZZ miró a Tom.

—¿Cómo llegaste a ser amigo de Spider?

Tom se sintió incómodo, sin saber si ZZ estaría implicada en el negocio de Spider. Estuvo dudando un poco y pensó que, si decía la verdad, se arriesgaba a no poder llegar al fondo del asunto.

—Acabo de conocerlo.

—Yo lo conozco desde que vine a Vancúver.

—¿Te has escapado de tu casa?

—No.

—¿Trabajas?

ZZ asintió.

—Trabajo en una empresa de limpieza. Todas las noches vamos a unos enormes edificios y limpiamos las oficinas. Antes trabajaba en una lavandería, pero no era nada divertido.

Pasaron junto a un pequeño bar y Tom se detuvo para mirar por la ventana a un hombre que estaba comiendo, sirviéndose de ambas manos. Con la izquierda tomaba cucharadas de un líquido color marrón, mientras que con la derecha manejaba unos palillos con los que sacaba del plato tallarines y otros alimentos. Mientras tanto, estaba leyendo un periódico dedicado a las carreras de caballos.

—¿Qué es lo que está comiendo? —preguntó Tom.

—Se llama sopa *Won Ton.*

Tom sonrió.

—Debe de ser una sopa muy pesada, ¿no? [1]

Pero ZZ no captó el chiste. Se quedó pensativa un instante y luego continuaron su camino. Mientras caminaban, Tom se dio cuenta de que ZZ tenía las mejillas manchadas, porque el maquillaje se había corrido.

—¿Por qué te llaman ZZ?

—La verdad es que no lo sé. Mi verdadero nombre es Joan, pero Spider empezó a llamarme ZZ.

Tom no sabía hasta qué punto podría preguntarle a ZZ sobre las actividades de Spider. Era un riesgo, pero la chica podía resultar valiosa.

—Creo que Spider gana un montón de dinero, ¿no?

ZZ sonrió.

---

[1] Juego de palabras. *Ton,* en inglés, significa tonelada. *(N. T.)*

—No lo sé, pero lo cierto es que no piensa en otra cosa. Una vez habló de formar una familia, pero normalmente sólo habla de dinero, dinero, dinero.

—¿Cómo lo gana?

ZZ enarcó las cejas.

—Un día me dijo que se dedicaba a la importación, pero creo que se estaba burlando de mí.

Tom sintió un estremecimiento de excitación.

—¿Te dijo si importaba algo de Oriente?

—No, no me dijo nada de eso.

Tom se detuvo ante el escaparate de una tienda. Fingía observar su contenido, pero pensaba en Spider; si estaba importando drogas de Oriente, eso le relacionaría directamente con la investigación policíaca sobre el tráfico de drogas. El siguiente paso importante sería descubrir la identidad del jefe de Spider.

—¿Para quién trabaja Spider? —preguntó Tom con tono indiferente.

ZZ se encogió de hombros.

—Spider no me cuenta mucho, Tom.

—Ya.

¿Sería, en realidad, la aparente ignorancia

de ZZ una pantalla puesta a propósito por Spider? Si así fuera, pensó Tom, quizá lo mejor sería dejar de hacer preguntas, si no quería acabar arrojado al puerto, con un «abrigo de cemento».

Cambiando de tema, señaló hacia el escaparate.

—Mira ese junco —dijo.

—Todo lo que venden en esta tienda es muy bonito —dijo ZZ, mirando nerviosa a su alrededor, por si alguien había escuchado el comentario de Tom.

Éste sonrió.

—Me refiero a este junco chino —dijo, señalando un modelo en miniatura, de madera, con velas primorosas.

—Ya lo veo —ZZ se apartó del escaparate—. Vamos, Tom, antes de irnos de aquí quiero enseñarte un periódico que se edita en chino.

En la esquina siguiente se veía un grupo de personas ante un escaparate donde aparecían expuestas las páginas de un periódico. Tom estaba observando uno de los titulares, intentando descifrar los intrincados caracteres chinos, cuando sintió que ZZ se aferraba a su brazo.

—¡Mira! Ese hombre se ha caído.

Un anciano, vestido de negro, estaba tumbado boca arriba en una acera; intentó levantar la cabeza, pero no pudo. Un hombre que pasaba lo miró con pena, pero se alejó rápidamente.

—Sujétame esto —dijo ZZ, alargándole a Tom la bolsa de la compra.

Corrió hacia el hombre y lo cubrió con su abrigo. El hombre miró a ZZ, intentando hablar, y luego hizo un gesto.

Se arremolinaron unas cuantas personas, que observaron cómo ZZ apartaba el pelo blanco de la cara del hombre, al tiempo que le hablaba en tono cariñoso. Tom escuchó el sonido de una sirena y vio una ambulancia que se acercaba, giraba en la esquina próxima y se detenía junto a ellos. Un enfermero se acercó a ZZ.

—Gracias por su ayuda —dijo—. Después de examinar al anciano, lo colocaron en una camilla y lo trasladaron a la ambulancia.

ZZ se puso el abrigo y siguieron su camino, escuchando el sonido difuminado de la sirena que se alejaba, mezclándose con otros ruidos de la ciudad.

—Me alegro de que estuvieras allí —dijo Tom—. Yo no hubiera sabido qué hacer.

—Espero que no sea nada —torcieron una esquina y ZZ sonrió—. Ya estamos llegando a casa.

Al llegar a la calle donde vivía ZZ se fijó que se llamaba Shanghai y sintió un escalofrío cuando vio los horribles edificios de color oscuro que se alzaban frente a ellos.

6

SUPONGO que no vivirás ahí —dijo Tom, señalando un almacén de paredes grises resquebrajadas.

—No —ZZ se rió—. Tengo una habitación en ese hotel.

Tom vio un edificio viejo de ventanas estrechas y una escalera metálica para incendios. En la parte delantera del hotel había un letrero que decía: *Habitaciones por semanas o meses*.

Tom sintió al entrar un poco de aprensión y recelo. Inmediatamente le llegó un olor agrio tan fuerte que tuvo que taparse la nariz con la mano. Mientras seguía a ZZ por un primer tramo de escaleras, tuvo que hacer un esfuerzo para no marcharse de allí y salir al aire libre.

Llegaron a un descansillo del que arrancaba un largo pasillo con una fila de puertas; la más cercana a ellos daba acceso a una pequeña portería, donde Tom vio un aviso de cartón que decía: *No se admiten visitas después de las 11 de la noche.* Pero no había ningún empleado.

Tom procuró respirar la menor cantidad posible de aquel aire agrio, mientras seguía a ZZ hasta una puerta señalada con un pequeño número 6 clavado en la madera. De otra de las puertas salió una mujer sujetándose el estómago con las manos, y se dirigió con pasos vacilantes hacia el extremo opuesto del pasillo, siniesto, oscuro, a excepción de un letrero rojo que decía: *Salida.*

—¿Necesita ayuda esa mujer?

—¿Molly? —ZZ movió la cabeza—. Aparenta siempre estar enferma, para llamar la atención. Esta noche estará tan contenta bebiendo cerveza.

Tom siguió a ZZ a su habitación, agradeciendo inmediatamente el aire fresco que entraba por las ventanas abiertas. Cerró la puerta, teniendo que hacer fuerza a causa del linóleo deformado del suelo, y echó un vistazo a su alrededor para ver a qué llamaba ZZ su casa.

En las paredes se veían algunos *posters* de cantantes y artistas de cine, que no lograban evitar el horrible efecto que producía la habitación. La colcha marrón de la cama presentaba numerosos agujeros producidos por quemaduras de cigarrillos, y una silla de madera aparecía también llena de quemaduras. Sobre una mesa pequeña había un espejo viejo, en el que Tom vio reflejado su rostro descolorido, y unas sencillas cortinas de plástico se movían junto a las ventanas.

Tom recordó su habitación y le costó

trabajo admitir que ZZ pudiera vivir de aquella forma. Sobre su cabeza oía pisadas procedentes del piso superior, y escuchó la voz fuerte de un locutor de radio. Otra vez oyó pisadas sobre su cabeza, seguidas del gemido de los muelles de una cama.

ZZ se había ido a una pequeña cocina y regresaba en aquel momento con una bolsa. Esparció unas migas de pan en el alféizar de la ventana; al cabo de unos segundos se oyó un aleteo, y una paloma se posó en el alféizar, donde empezó a picotear las migas de pan sin dejar de mover la cabeza.

—Las cuido yo —dijo ZZ—, les doy de comer todos los días.

Tom observó la exigua colección de ropa de ZZ, colgada de unos clavos junto a los *posters*, y sintió pena por la vida solitaria de aquella chica.

Se sentó en la silla chamuscada y miró a ZZ.

—¿Por qué vives aquí?

—Es mi casa.

—¿No podrías vivir en otro sitio? —como ZZ no respondía, continuó—. ¿Por qué no en uno de esos bloques de apartamentos que hay cerca del parque Stanley?

ZZ se echó a reír.

—No soy rica, Tom.

El se quedó en silencio, mirando a la paloma, mientras pensaba en la respuesta de ZZ.

—¿De dónde eres?

—De Radium Hot Springs.

—¿Y por qué no te vuelves? Apuesto cualquier cosa a que allí podrías tener un bonito apartamento.

—No voy a volver, Tom. Vancúver es ahora mi residencia.

—¿No sientes nostalgia?

ZZ se encogió de hombros y tomó la bolsa con las migas de pan. Mientras las esparcía por el repecho de la ventana, se acercó Tom a mirar, asustando a la paloma, que se alejó volando.

—Lo siento —dijo Tom.

—Ya volverá —respondió ZZ—. Puede que me sienta un poco sola, pero las cosas van a ir mejor.

—Bien, así lo espero.

Más allá del estrecho pasaje al que daban las ventanas de la habitación había otro hotel, y Tom pudo ver el interior de algunas habitaciones en las que habían encendido las luces, ya que estaba anocheciendo. Miró hacia abajo y vio una paloma que picoteaba un trozo de pan que había en el suelo y, de repente, se acordó de sus abuelos.

—¡Eh! Tengo que llamar por teléfono.

—Hay uno junto a la portería. ¿Quieres dinero?

Tom negó con la cabeza. Abrió con esfuerzo la puerta, a causa del linóleo, preguntándose cómo se las arreglaría ZZ con aquella dificultad, y bajó a la portería con la nariz encogida por el olor. En algún lugar del edificio, una radio dejaba escapar una música estridente.

Un hombre joven, de pelo rubio sucio, estaba sentado en la portería; miró a Tom con ojos semicerrados y enseguida se sumió de nuevo en el sueño. Deseando poder hablar sin testigos, Tom marcó el número de sus abuelos.

—¿Abuelo? —dijo cuando descolgaron el teléfono—. Soy Tom. ¿Te acuerdas que me prometiste que podría quedarme una noche en casa de Dietmar? ¿Sigue en pie la promesa?

Mientras hablaba con su abuelo, no apartaba los ojos del hombre de la portería. ¿Estaría realmente dormitando o estaría escuchando su conversación?

—De acuerdo, abuelo —dijo Tom por último—. Iré a casa mañana. Un millón de gracias.

Tom volvió a la escalera y regresó a la habitación de ZZ. Sabía que sus abuelos no telefonearían a casa de los parientes de Dietmar para comprobar su historia, pero aquella mentira le hacía sentirse terriblemente culpable. Su único consuelo era saber que sus abuelos le perdonarían cuando se enteraran de su colaboración para meter a Spider entre rejas.

Cuando abrió la puerta de ZZ, le sorprendió ver a una chica delgada sentada en la cama. Al principio no reconoció a la chica, pero enseguida cayó en la cuenta de que la había visto en la estación de servicio Shell, después de su paseo en moto con Harrison Walsh. Seguía llevando el pelo sucio, y Tom se fijó en que sus labios pálidos estaban llenos de llagas. La chica llevaba una blusa fina y unos vaqueros desgastados, y estaba temblando, con la vista fija en el suelo. Si venía a ver a Spider en busca de drogas, no cabía duda de que los esfuerzos de Harrison por ayudar a la chica no habían tenido éxito.

—¡Hola! —dijo Tom—. ¿No me recuerdas?

La chica no contestó. Se mecía hacia adelante y hacia atrás, intentando entrar en calor, y acabó recostándose contra la pared.

En ese momento salió ZZ de la cocina.

—Ésta es Ángela —dijo a Tom—. Le estoy preparando un poco de sopa mientras espera a Spider.

—¡Ah!

Tom se fijó en el color grisáceo del rostro de Angela y, cuando ella levantó la vista y le vio observándola, se sintió un poco embarazado. Intentó sonreír, tratando de encontrar algún motivo de conversación.

—¿Vives aquí? —le preguntó.

La chica volvió sus ojos apagados hacia el linóleo. Sintiéndose ridículo, Tom permaneció junto a la puerta, tratando de no mirar a Ángela. Escuchó al locutor de radio describir sus vacaciones en Hawai y percibió el olor de la sopa, por lo que se dirigió a la cocina.

Era tan pequeña, que Tom tuvo que quedarse a la puerta, mirando cómo ZZ vertía sopa humeante en tres tazones. Observó un fregadero diminuto y una alacena que contenía unos platos; tomó uno de los tazones y se lo llevó a Ángela.

Ésta lo agarró sin decir palabra, lo puso

sobre su regazo y colocó las manos encima, para calentárselas con el vapor que despedía la sopa de color verde oscuro. Tom regresó a la cocina por su tazón, se sentó en la silla de madera y comenzó a comer con apetito.

ZZ se sentó en la cama, pero en vez de comer se quedó mirando a Ángela. Al fin se inclinó hacia delante.

—Vamos, tómate la sopa, Ángela —dijo con voz reposada.

Ángela se frotó las palmas de las manos y echó un poco de aliento en ellas antes de tomar la cuchara. La elevó hasta la boca, pero la retiró, tan pronto la sopa caliente tocó las llagas de sus labios en carne viva. Dejó la cuchara y puso las manos de nuevo sobre el vapor.

Tom quiso mirar por las ventanas, pero entonces se dio cuenta de que ZZ las había cerrado para que Ángela no tuviese frío. La noche era oscura y observó gente que se movía en las habitaciones del otro hotel. Se preguntó por qué se retrasaría Spider, y siguió comiendo.

—Está buena —le dijo a ZZ.

—Gracias, Tom.

En eso se abrió la puerta. Tom esperaba

ver a Spider, pero en su lugar apareció un hombre que llevaba un abrigo viejo, pantalones azules y unos desgastados zapatos blancos. Con una sonrisa inquietante, el hombre se quitó el cigarrillo que llevaba entre los labios.

—¿Dónde está Spider?

—No lo sé —contestó ZZ.

—En su puerta hay una nota que dice que pregunte en el número 6. Así que ¿dónde está?

—Spider deja siempre esa nota —dijo ZZ—. Es para que yo le diga a la gente que espere o que me deje algún recado para él.

El hombre aspiró un poco de humo y luego tosió. Tras echar un vistazo a Tom, abandonó la habitación.

—¡Qué tipo más basto! —dijo ZZ.

—¿Le habías visto antes? —ZZ negó con la cabeza y Tom siguió tomándose la sopa—. ¿Por qué no pones un poco la televisión?

—No tengo.

—¿Qué? —dijo Tom, sorprendido—. ¿Y cómo te distraes?

ZZ levantó la vista hacia el techo.

—Tengo la radio del vecino. Los locutores son ya íntimos amigos míos.

Ángela le alargó a ZZ su tazón de sopa.

—Dile a Spider que tengo que verle —dijo dirigiéndose hacia la puerta. Como le costaba trabajo abrirla, Tom la ayudó.

—Adiós —le dijo, pero no obtuvo respuesta.

Sintió aire fresco en la espalda y, al volverse, vio que ZZ estaba abriendo las ventanas. Con el aire fresco llegaron también un sinfín de sonidos, procedentes de las habitaciones del otro hotel. Escuchó voces, risas, diversas estaciones de radio y hasta alguien que cantaba acompañando la música de un disco.

—Creo que me equivoqué al pensar que vivías sola —dijo sonriendo—. Tienes una numerosa compañía.

—Es posible —dijo ZZ—, pero no se pueden considerar amigos esos que vienen preguntando por Spider.

—Oye, ZZ, ¿hay cuarto de baño?

—Claro, al final del pasillo.

—Gracias.

Tom salió, convencido de que cuando regresara a la habitación de ZZ, encontraría algún otro visitante. Apresurándose por el pasillo, para evitar el olor, encontró una puerta con un letrero que decía: *Servicio*, y giró el picaporte. La puerta se abrió un poco y luego pareció tropezar con algo. Empujó con fuerza y pudo abrir un espacio suficiente para asomar la cabeza.

El cuarto estaba a oscuras, pero llegaba a él una pequeña iluminación procedente del pasillo. La puerta estaba atrancada por un bulto tumbado en el suelo, entre la taza del retrete y la pared, y Tom se agachó para apartarlo. Sobresaltado, notó el calor de un cuerpo humano.

Mientras el corazón de Tom latía con fuerza, el bulto se movió un poco y levantó la cabeza.

—Estoy bien, amigo —dijo una voz de hombre, mezclándose sus palabras con el olor del alcohol.

—¿Se encuentra... —dijo Tom torpemente—, se encuentra mal?

—No, amigo —respondió el hombre—. Déjeme dormir.

La cabeza del hombre cayó otra vez al suelo y Tom cerró la puerta. Su corazón parecía a punto de estallar por la emoción y tuvo que apoyar la cabeza contra la pared, tratando de recobrar la respiración.

Al rato se acercó a una puerta sobre la

que había una luz roja y vio un tramo de escaleras. Comenzó a subir rodeado de la oscuridad.

Había sido una experiencia terrible, pero Tom encontró el cuarto de baño del piso superior. Éste estaba vacío, e incluso tenía una luz, pero Tom aún temblaba cuando entró y cerró el pestillo.

Procurando evitar el olor, se fijó en los letreros que llenaban las paredes. Alguien había escrito: *Tus enemigos son la poli, los jueces y los abogados,* y debajo habían garrapateado: CERDOS, CERDOS, CERDOS. Un gran número de personas habían colaborado con sus nombres, fechas y dibujos.

Fue a tirar de la cadena y retiró la mano con presteza. ¿Cuántos gérmenes invisibles aguardarían en aquel tirador? Protegiéndose los dedos con un poco de papel higiénico, tiró de la cadena y abandonó a toda prisa el cuarto de baño, sin comprender que alguien tan agradable como ZZ pudiera vivir de aquella manera.

Al abrir la puerta de ZZ no le sorprendió ver la silla ocupada por otro visitante. Sonriendo por su clarividencia al adivinarlo, cerró la puerta mientras el visitante se volvía hacia él.

—¡Hola! —dijo Tom, helándosele la sonrisa al ver la cara del hombre. Su nariz era achatada y su piel tenía aspecto enfermizo. Pero lo que más le asustó en aquel hombre fue la mirada fría de sus ojos.

—¿Quién es éste? —preguntó con voz ronca.

—Un amigo de Spider —ZZ estaba sentada en la cama, jugueteando nerviosamente con la almohada.

—No lo he visto nunca.

El hombre alargó el brazo e hizo un gesto hacia Tom.

—Ven aquí. Deja que te eche un vistazo.

Tom estaba indeciso, pero obedeció la orden. Se acercó, tratando de que no notara su miedo, mientras los ojos poco amistosos de aquel hombre se fijaban en su cara y luego en la ropa vieja que llevaba. Le empujó con su enorme manaza y Tom cayó de espaldas sobre la cama.

—¡Quédate ahí! —le ordenó, volviéndose a mirar hacia la puerta.

Tom permaneció donde había caído, temeroso de moverse, con los ojos fijos en el cuello de la camisa rosa de aquel hombre, donde el sudor y la suciedad habían dejado una mancha oscura. En aquel momento crujió la cama al incorporarse ZZ.

—Voy a preparar un poco de té —dijo.

—Siéntate —ordenó el hombre, sin apartar los ojos de la puerta.

Para sorpresa suya, Tom oyó que ZZ se dirigía a la cocina. Aguardó impacientemente a que el hombre estallara de furia, pero no sucedió nada. Se oyó el sonido del agua llenando la tetera y el suave arrullo de una paloma en el alféizar de la ventana, pero Tom no se atrevió a darse la vuelta para mirar lo que sucedía detrás de él. Quizá ZZ estaba preparando en secreto alguna forma de escapar de aquel demonio; si así era, esperaba que se diera prisa.

ZZ salió de la cocina y se acercó al hombre con una taza humeante en la mano.

—¿Quiere azúcar? —preguntó, ofreciéndole el té.

El hombre se levantó de la silla y cruzó la cara de ZZ con una bofetada, que la lanzó contra la pared. Cayó luego al suelo, derramándose el té caliente sobre sus vaqueros.

Durante un momento todo estuvo en silencio y después ZZ comenzó a sollozar.

El hombre se sentó.

—La próxima vez aprenderás a escuchar.

Tom miró a ZZ con la boca abierta. La habían golpeado tan rápidamente que él no había podido reaccionar, y ahora tenía miedo de intervenir. Finalmente, cuando ZZ dejó de llorar, reunió el valor suficiente para hablar.

—No te preocupes —dijo a ZZ—. Cuando llegue Spider nos ayudará.

Ella estaba callada, mirando al hombre con los ojos rojos de llorar, y Tom se sintió avergonzado de verse incapaz de ayudarla y consolarla. Las cosas estaban saliendo mal y se encontraba más perdido y solo que nunca en su vida.

Transcurrió un buen tiempo sin que nadie se moviera o hablara. Al fin, con gran alivio por su parte, escuchó voces que se aproximaban por el pasillo y adivinó que una de las personas que llegaban era Spider.

—Te veré mañana —oyó que decía Spider. Giró el picaporte de la puerta y apareció en el dintel su cara de lobo.

—¿Qué es esto? —dijo, mirando a ZZ en el

suelo. Luego vio al hombre y sonrió—. ¡Hola, Leo! ¿Has esperado mucho?

—Demasiado —contestó el hombre.

—El jefe me dijo que habías llamado pidiendo dinero —dijo Spider—. Siento haberme retrasado.

—Y también yo. ¿Dónde lo tienes?

Spider sacó un sobre y se lo dio al hombre. Hubo un silencio mientras contaba el contenido del sobre y luego asintió.

—Te veré esta noche en el patio —dijo a Spider, y abandonó la habitación.

—¡Spider! —dijo Tom, que se incorporó rápidamente—. ¡No dejes que se vaya! ¡Le ha pegado a ZZ!

Spider observó la cara hinchada y roja de ZZ.

—¿Qué has hecho?

—Nada —dijo ella.

—Has tenido que hacer algo para enfadar a Leo.

—¡No, ella no ha hecho nada! —dijo Tom—. Él le ha pegado sin ningún motivo.

Spider se encogió de hombros y se dio la vuelta para marcharse.

—Vamos a mi habitación, Tom. Tenemos que hablar.

—¿Pero qué pasa con ese tipo? ¿No le vas a pegar por haber lastimado a ZZ?

Spider le miró impaciente.

—Leo y mi jefe son socios, Tom. Lo que le haya hecho Leo a ZZ no me concierne.

—Pero...

—¿Vienes conmigo o prefieres quedarte aquí?

Tom vio a Spider abandonar la habitación y se volvió a ZZ. Ésta había empezado a llorar de nuevo, pero sonrió débilmente cuando Tom trató de decir algo.

—Estoy bien —dijo—. Vete con Spider.

—¿Puedo ayudarte en algo?

ZZ negó con la cabeza.

—Buena suerte, Tom.

—Espero volver a verte.

ZZ asintió. Tom salió de la habitación, sintiendo pena por ella. Spider le esperaba bajo la luz roja y Tom se dirigió con pasos rápidos hacia él, decidido a concentrar sus esfuerzos para poder meter a Spider entre rejas. Ése sería su merecido por la forma en que había tratado a ZZ.

7

SPIDER encendió una cerilla, mientras subían las escaleras, para poder ver en la oscuridad.

—No te preocupes por ZZ. Llora con mucha facilidad.

—A mí me cae bien.

—Ella está bien, no te preocupes —Spider miró a Tom a la luz amarillenta de la cerilla—. Las personas sensibles no sobreviven en este negocio.

—Yo no soy sensible —Tom endureció los músculos que rodeaban su boca y sus ojos, intentando parecer enérgico—. Puedes contar conmigo, Spider.

—No estoy tan seguro —dijo éste, observando a Tom. La cerilla se apagó y en la oscuridad que los rodeó de repente, Tom tuvo miedo de Spider y retrocedió hasta la pared.

Otra cerilla iluminó la escena.

—Voy a darte una oportunidad —dijo Spider—, pero a la primera equivocación estás acabado.

Llegaron al piso siguiente y se dirigieron a la habitación de Spider. Esta vez no le llegó aire fresco de las ventanas; mientras Spider encendía una luz, a Tom le abrumó el olor rancio de ropas sucias.

La habitación era aún más deprimente que la de ZZ. Spider no se había preocupado de decorar las paredes y su cama era un revoltijo de mantas y sábanas sucias.

—¿Tienes sed? —preguntó Spider.

—No, gracias.

Tom observó las ropas desordenadas de Spider y se fijó en que el linóleo era tan viejo que se veían zonas negras, producidas por el desgaste de miles de pisadas.

Spider abrió una ventana, por la que entraron los ruidos de la noche. En la parte de afuera había una caja de madera, situada sobre el alféizar de la ventana; rebuscó dentro de ella y sacó una cerveza. La destapó, arrojó la tapa a la oscuridad, y cerró la ventana.

Tom se fijó en que no había cocina y se

preguntó cómo se las arreglaría Spider para comer, cuando vio los restos de un envoltorio de «McDonald» junto a la cama. Desde luego, resultaba difícil aceptar que él y Spider disfrutaran de la misma comida.

—Vamos a hablar —dijo Spider, tumbándose en la cama—. Te voy a contratar.

Tom asintió, sin saber si debía parecer contento o seguir con el rostro serio.

—Bien.

—He terminado con mi jefe —Spider bebió un trago de cerveza y observó atentamente a Tom—. ¿Qué piensas de eso?

103

—No lo sé —contestó Tom, ignorando qué era lo que el otro esperaba que dijera—. ¿Qué ha sucedido?

Spider movió la cabeza con aspecto enfadado.

—Empecé a contarle mi plan, pero me puso verde. Le pareció que era estúpido vender droga a chicos; dijo que yo estaba loco. Pude haberle matado, pero actué inteligentemente.

—¿Cómo?

—Mantuve la boca cerrada y luego me marché para beber una cerveza y pensar en mi plan. He tomado una decisión importante, Tom. Esta noche tengo que reunirme con Leo y mi jefe, y les voy a decir que me marcho. Voy a organizar mi propio territorio, comenzando por esos chicos del parque Oppenheimer.

—¿Y no se enfadarán?

—Mira, Tom, mi jefe ha desperdiciado la oportunidad de tener un nuevo territorio. El plan es mío y voy a ponerlo en marcha para ganar dinero —Spider levantó la cerveza—. Estoy seguro de que cuando le cuente más detalles de lo que voy a hacer, y especialmente cuando le hable de este inteligente muchacho que he contratado, cambiará de idea. Pero yo he terminado con él, Tom.

Llamaron a la puerta y el corazón de Tom dio un brinco. Spider echó un vistazo en dirección a la puerta y luego, sin prisas, terminó de beberse la cerveza.

—Mira a ver quién es.

Tom se dirigió lentamente a la puerta, temiendo que hubiera regresado Leo. Pero era ZZ, que entró nerviosa en la habitación y miró a Spider.

—Olvidé decirte que vino Ángela y dijo que tenía que verte.

—De acuerdo —contestó Spider—. ¿Algún recado más?

—No.

ZZ aguardó a que Spider añadiera algo, pero éste sacó su tabaco y se puso a liar un cigarrillo. ZZ miró a Tom, le sonrió débilmente y salió de la habitación.

—Cierra la puerta —Spider retiró algunas prendas de la silla y le hizo señas a Tom de que se sentara—. Una vez le pregunté a ZZ si quería un anillo —dijo, sonriendo al recordarlo— y, cuando me contestó que sí, le sugerí que se pusiese una argolla.

Tom hizo un esfuerzo para reírse, sintiéndose en su interior un traidor.

—En una ocasión le dije a ZZ que se fuera de Vancúver, pero ella prefirió quedarse —Spider levantó el cigarrillo y contempló pensativamente su brillante punta roja—. Siempre me maravilla cómo deja la gente que sus vidas se conviertan en un desastre.

—Sí, eso pienso.

—La gente debería ser como mi jefe y yo. Nada se interpone en el camino de nuestros asuntos —Spider miró a Tom—. ¿Sabes a lo que me refiero cuando hablo de una *serpiente?*

—No.

—Está bien. Lección número uno para mi nuevo empleado: una *serpiente* es un delator encubierto de la policía.

—¿Quieres decir un soplón?

Spider le miró sorprendido y sonrió.

—¡Buen chico! Sabes más de lo que creía.

Por un momento Tom se sintió encantado, pero enseguida cayó en la cuenta de que estaba exponiéndose. Si desplegaba su conocimiento de expresiones criminales, Spider podría sospechar.

—Hace poco, un soplón logró meterse en nuestros asuntos —dijo Spider—. Leo y mi jefe concertaron una entrevista con él el viernes pasado, lo liquidaron y lo echaron al agua en el muelle A-3.

—¿Quieres decir que lo mataron? —dijo Tom, demasiado agitado como para acordarse de que debía contenerse—. Entonces debió ser...

—¿Ser quién? —dijo Spider, mirándole sorprendido.

—¡Oh, no, nadie! —dijo Tom, enrojeciendo—. Quiero decir que ese tipo, bueno..., debió ser un soplón listo, pero no lo suficientemente listo.

—Puedes asegurarlo —dijo Spider, echándose hacia atrás y aspirando un poco de humo.

Tom miró a Spider con los nervios en tensión. Seguramente, el muerto debía de ser el policía cuyo cadáver habían encontrado en el muelle A-3; lo que quería decir que Leo y el jefe de Spider eran culpables no sólo de tráfico de drogas, sino también de asesinato. Esto ya constituía, por sí solo, una información valiosa para la policía, pero querrían conocer también la identidad del jefe de Spider. ¿Cómo podría descubrirla Tom?

Spider sonrió.

—A veces no entiendo a mi jefe. Gana un montón de dinero con este negocio, así que cualquiera creería que va por ahí con los coches más caros... ¡Eso es lo que haré yo cuando sea rico!

—Pero, ¿tienen los chicos tanto dinero como para hacerte rico?

—Claro que sí, Tom. Una vez que se vuelven adictos a las drogas, roban dinero en casa, o a otros chicos en la escuela o donde sea —Spider sonrió—. El jefe tiene algunos casos impresionantes de lo que hacen sus clientes para conseguir dinero.

Se volvió hacia la ventana.

—Va a ser difícil montar mi negocio sin disponer de la información que tiene el jefe sobre los planes de la policía.

—¿Qué? —dijo Tom, asustado.

—El jefe siempre ha protegido nuestras operaciones gracias a la información confidencial que recibe desde el propio cuartel general de la policía. Cada vez que aparecen nuevos soplones, el jefe nos avisa a Leo y a mí.

Tom permaneció callado, sin querer pensar y ansioso por saber más detalles, mientras Spider miraba las habitaciones del otro hotel.

—Mira esa gente —dijo—. ¡Qué forma de malgastar la vida!

La habitación permaneció en silencio. Spider comentó:

—Hay algunas cosas que nosotros podemos hacer mejor que el jefe. Por ejemplo, necesitamos un sitio mejor que el suyo para esconder nuestra mercancía.

Tom miró alrededor, preguntándose si Spider iría a revelar el escondite secreto, pero éste siguió mirando por la ventana.

—El jefe guarda su mercancía escondida en paquetes impermeables, lo que no está mal —Spider hizo una pausa, cavilando—. Pero a mí me pone nervioso verle enredar con la tapa, mientras me muero de nerviosismo, temiendo que aparezca de pronto algún poli. Se me hace eterno el tiempo hasta que pongo mis manos en la mercancía.

—No sé lo que quieres decir —dijo Tom, esperando conseguir algunos detalles más.

—Necesitamos un buen sitio para transportar la droga. Un transistor vacío puede ser la solución.

Hubo una llamada suave en la puerta; sin esperar que se lo ordenaran, Tom acudió a abrir. Ángela estaba en el pasillo, con los brazos cruzados.

—Tengo que ver a Spider.

—¿Eres tú, Ángela? —preguntó Spider.

—Sí.

Spider tiró el cigarrillo al suelo, lo aplastó con el tacón y salió al pasillo, cerrando la puerta. Tom trató de escuchar su conversación, pero se alejaron.

De repente, Tom se sintió terriblemente cansado. No había nada que deseara más que volver a casa, pero ahora estaba demasiado implicado en aquel caso para abandonarlo. Se acercó a la ventana y miró la ciudad.

Las luces de neón eran preciosas, pero pertenecían a otro mundo y no lograban animar a Tom. Hizo un gesto y observó las habitaciones del hotel de enfrente, con la impresión de que estaba inmerso en una terrible pesadilla.

El olor de la habitación era insoportable. Aunque sabía que Spider podía enfadarse, abrió la ventana y se asomó al exterior en busca de un poco de aire fresco. Enseguida le llegó el ruido procedente de las habitaciones del otro hotel; sintió náuseas del olor a grasa que le llegó de unas salchichas que estaban friendo en alguna habitación de abajo.

Tom observó la caja que utilizaba Spider como «frigorífico». ¿Habría en ella algo más, aparte de cerveza? Miró dentro, pero no vio nada.

Debería husmear en la habitación. Pero ¿qué pasaría si le pillaban? Recordó una novela en la que se decía que había que buscar objetos sujetos en la parte inferior de los muebles, por lo que se acercó a la silla y le dio la vuelta, sin encontrar más que algunos trozos de chicle endurecido pegados a ella.

Se arrodilló y miró bajo la cama. El suelo era un nido de porquería, lleno de colillas, polvo y trozos de comida; sintiendo náuseas, se arrastró entre aquella suciedad para inspeccionar el revés del somier.

Nada. Salió de allí y se incorporó, sacudiéndose el polvo. Tomó unos vaqueros de Spider y encontró en ellos una caja de cerillas de un restaurante de Vancúver. Se la guardó y siguió inspeccionando el resto de la ropa, sin encontrar nada más.

Tom estaba temblando. Aún quedaba un armario por inspeccionar y Spider podía regresar en cualquier momento. ¿Valía la pena arriesgarse? Se quedó indeciso, imaginándose a Spider entrando de pronto, encolerizado.

En ese momento le llegó el sonido de una radio, que acababan de conectar. «Éste es el servicio de información de su estación móvil» —decía un locutor—, «radiando directamente desde la Penitenciaría B.C., donde los reclusos se han amotinado y mantienen como rehenes a dos guardas...» Hubo un ruido, seguido de un anuncio sobre las excelencias del Ford Eagle, y luego otro ruido antes de que la radio comenzara a emitir una canción.

Tom se dirigió hacia el armario, pero en ese momento escuchó pasos y se volvió asustado hacia la puerta. El picaporte comenzó a girar, y Tom tuvo el tiempo justo de apartarse del armario, antes de que entrara Spider.

—¿Qué estabas haciendo? —preguntó.

—Nada —dijo Tom, con el corazón agitado.

Spider echó un vistazo a la habitación y se acercó por una cerveza. Arrojó la tapa a la oscuridad y miró a Tom.

—No deberías haberlo hecho.

—¿El qué? —dijo Tom, asustado.

112

—Abrir la ventana —Spider bebió un poco de cerveza y se limpió los labios con el dorso de la mano—. Tienes que pedir permiso siempre. Así es como me trata a mí mi jefe.

—Lo siento. No pensé en ello.

Spider miró por la ventana, con cara de disgusto. Tom echó un vistazo rápido a la ropa diseminada por doquier, esperando no haber alterado ninguna disposición especial, y se preguntó qué es lo que haría a continuación. Si era verdad que Spider iba a dejar de trabajar con su jefe, esa noche era la única oportunidad que tenía para conocerlo.

—¿Puedo acompañarte a la cita?

Spider negó con la cabeza.

—Quiero ir solo. Tú duerme un poco y mañana prepararemos nuestro plan.

—¿Cuándo es la cita?

—Dentro de un par de horas —Spider acercó la silla a la ventana y se sentó. Puso los pies sobre el alféizar y lió un cigarrillo—. Ahora tengo que pensar un poco. Mientras tanto, echa una cabezada.

—De acuerdo —dijo Tom de mala gana, consciente de que no debía levantar las sospechas de Spider. Aparentaría dormir y luego seguiría a Spider hasta el lugar de su cita.

Se sentó en la cama y dejó los zapatos en el suelo. Tratando mentalmente de olvidarse del olor, se tumbó sobre las sábanas sucias y recostó la cabeza en la mugrienta almohada. Comenzó a sentir una picazón en el cráneo y tuvo la desagradable impresión de que unos piojos se movían entre su pelo; se incorporó con presteza y se apoyó contra la pared.

—¿Qué es eso? —dijo Spider, mirando al suelo.

Tom esperaba encontrarse con una rata gigante, pero no vio nada.

—¿Qué es qué?

—En tu zapato —Spider lo tomó y sacó el dinero que llevaba oculto—. ¿Es aquí donde guardas tu dinero?

Tom enrojeció y sintió miedo. ¿Ocultarían otros soplones el dinero en sus zapatos, mientras trabajaban en Skid Road?

—Yo... bueno... no tengo dinero para comprarme una cartera. Además, tengo agujeros en los bolsillos.

Spider miró a Tom a la cara. ¿Qué pasaría si quisiera ver sus bolsillos? Pero sonrió y dejó de nuevo el dinero dentro del zapato de Tom.

—Estás loco, pero me caes bien —dijo.

—Gracias —dijo Tom, aliviado, pero aún nervioso.

Pensó que no le estaría sucediendo nada de esto si sólo se hubiera ocupado de tener un trabajo seguro, como limpiar oficinas. Eso le hizo preguntarse cómo estaría ZZ en su desolada habitación.

—¿Por qué le pusiste ese nombre tan raro a ZZ?

Spider sonrió.

—La primera letra del alfabeto es la A y la última la Z. Y ZZ es tan inútil, que se merece una doble Z.

Spider apagó la luz y la habitación se convirtió en una mezcla confusa de oscuridad y luces que procedían de fuera. Otra vez se sintió Tom culpable, al recordar la gentileza de ZZ con aquel anciano, aunque no se atrevió a decir nada en su defensa.

Spider hizo un gesto alegre.

—ZZ me recuerda cómo empecé esta vida.

—¿Por qué?

—Cuando yo era más joven, le robé a una chica «exploradora» —Spider se rió entre

dientes mientras aspiraba del cigarrillo—.
Era una tonta, como ZZ. En fin, había estado
vendiendo esos dulces que hacen las «guías»
de los exploradores y me largué con todo su
dinero.

Spider se rió feliz, recordando el suceso.

—Después de conseguir tan fácilmente
aquella pasta, ya nada me pudo detener.

—¿No tienes miedo de que te atrapen?

—¡Ni hablar! Sólo atrapan a los tontos, y
yo no lo soy.

Tom se permitió una sonrisa secreta, sabiendo que Spider se arrepentiría pronto de
aquella bravata. De otra habitación le llegó
el sonido de una armónica, interrumpido por
el ruido de una botella al romperse. Alguien
soltó un taco, una voz dijo: «A ver si te
callas», y luego siguió la música.

A Tom se le iban cerrando los ojos. Pensó
que un poco de agua fría en la cara le
mantendría despierto y se incorporó.

—¿Puedo lavarme un poco?

Spider encendió la luz.

—Por ahí hay una toalla.

Tom la había visto mientras rebuscaba en
la ropa de Spider, pero, astutamente, tardó
algún tiempo en encontrarla. Se acercó al

lavabo y vio una enorme chinche de color marrón caminando por él.

—¡Uf! —dijo mirándola.

—¡Mátala! —dijo Spider.

La chinche se detuvo, como si hubiera comprendido a Spider. Tom deseaba que se pusiera a salvo, pero parecía como si el insecto creyera que el estar quieta la hacía invisible.

Spider repitió la orden, esta vez impacientemente. Tom se acercó, pero no la mató, sino que la empujó hacia el sumidero. Simulando haber perdido todo su interés por lavarse, regresó a la cama y se tumbó.

Spider lió otro cigarrillo y apagó la luz. Antes de que la apagara, Tom se fijó en unas quemaduras de cigarrillos en la colcha y se imaginó la trampa mortal que podría ser aquel hotel si alguien se quedaba dormido mientras fumaba.

Del exterior llegaba el sonido de sirenas y los bocinazos de los coches; poco a poco se fue apagando el ruido y la mente de Tom comenzó a desvanecerse.

Cerró los ojos durante un minuto, sólo para descansar un poco, y se vio a sí mismo en una brillante pantalla de televisión, tocando la armónica ante un público numeroso. Enseguida cambió el escenario y se vio en la Estación Móvil del servicio de información, radiando un mensaje a un público expectante, comunicándole que todo iba bien y que los rehenes habían sido liberados indemnes. Sí, todo iba bien. Y Tom se quedó dormido.

8

¡SAL DE AQUÍ!

Tom se incorporó en la cama, tratando de ver en la oscuridad. ¿Dónde estaba? Se estrujó la mente para situar los olores, los ruidos y aquella ventana que servía de marco a la noche exterior.

—¡Vete! —gritaba una mujer—. ¡Has estado fuera dos días y ahora vuelves! ¡No te quiero ver por aquí!

Los gritos llegaban a través de la pared. Por fin, y mientras oía la voz de un hombre que se disculpaba, cayó en la cuenta de donde estaba. Se había quedado dormido y Spider se había marchado a la cita. Había fracasado.

Se calzó y se acercó, disgustado, a la ventana. Levantó la vista hacia las brillantes estrellas y se animó un poco.

La mujer del otro lado de la pared estaba sollozando. El lloro le recordó a ZZ. Quizá ella supiera dónde había ido Spider. Animado de repente, cruzó la habitación y salió al hediondo pasillo.

A medio camino de la habitación de ZZ, recordó que ella trabajaba por las noches. Se desanimó un poco, pero continuó y llamó, decidido, a la puerta. Era su única oportunidad.

Silencio. Llamó otra vez. Le pareció escuchar los muelles de una cama y acercó el oído a la puerta para escuchar. Oyó unas pisadas y el ruido del pestillo. Sonrió aliviado cuando la puerta se abrió con dificultad y asomó el rostro somnoliento de ZZ.

—¡Tom! —dijo ella.

—Por favor, ZZ, tengo que hablar contigo.

Tom esperaba alguna reacción, pero ella se limitó a bostezar y a rascarse la cabeza.

—Por favor, ZZ, déjame entrar.

—Bueno, está bien, pero sólo un minuto.

Tom entró en la habitación y oyó unas risas. Miró al techo, reconociendo la voz de un locutor en la radio del vecino, y se volvió a ZZ.

—¿Por qué no estás trabajando?

—Es mi noche libre —ZZ anudó el lazo de su camisón y se sentó—. ¿Qué pasa, Tom?

—Necesito ayuda —hizo una pausa, lamentando no haber preparado antes lo que debería decirle. Quizá debiera contarle la verdad, pero sólo a medias—. Necesito encontrar a Spider inmediatamente.

—¿Por qué?

—Es posible que esté en peligro —dijo él, sorprendido de su respuesta.

Claro está que existía un peligro para Spider. Tom se preguntó, de repente, cuál

121

sería la reacción de Leo y del jefe de Spider cuando se enteraran de que éste iba a separarse de ellos.

—¿Qué peligro?

—No estoy seguro del todo, pero tengo que encontrarlo. ¿Sabes tú dónde está?

ZZ negó con la cabeza.

—Llevo durmiendo varias horas, Tom.

—Sí, claro. ¿No te ha dicho nunca dónde se reúne con su jefe?

ZZ miró, pensativa, fuera de la ventana.

—¿Está de verdad en peligro?

—Sí.

—De acuerdo —dijo ella, tomando una decisión—. Anoche, Spider dejó un recado a un hombre, para que se reuniera con él en las vías del tren que hay junto a la calle Carrall.

—¿Puedes acompañarme hasta allí?

—¿Por qué?

—Si Spider está en peligro necesito encontrarlo en seguida, y no sé dónde está la calle Carrall. ¡Por favor, ZZ, ayúdame!

Impulsada, quizá, por el ruego de Tom, se levantó.

—Espera fuera mientras me visto.

—Estupendo —dijo Tom, encantado.

Salió al pasillo y pensó su plan. Tendría que ponerse pronto en contacto con la policía, pero antes tenía que intentar conocer al jefe de Spider.

ZZ salió, llevando el abrigo imitación cuero; se había puesto unos pendientes y se había maquillado; Tom se imaginó que lo había hecho por Spider.

—Espero que Spider esté a salvo —dijo en un tono de ansiedad.

Tom hubiera querido tranquilizar a ZZ, pero la chica no iba a tardar en enterarse de que el destino de Spider era la cárcel. Así que permaneció en silencio mientras caminaban por el pasillo, escuchando las voces y las radios que no parecían cesar nunca.

Le pareció una maravilla salir del hotel. Hizo una pausa para inspirar con fuerza un poco de aire fresco, deseando no tener que volver a aquel sitio en cien mil años, y prosiguió su camino.

A poco estuvieron en pleno Skid Road. Lo encontraron bastante bullicioso, incluso a aquellas horas de la noche. Dos hombres estaban sentados en un banco, junto a la parada del autobús, bebiendo de una botella que llevaban oculta en una bolsa de papel;

cerca, un tipo andrajoso rebuscaba en un cubo de basura.

En la manzana siguiente, un enorme camión salió rugiendo de una calle y casi atropelló a un borracho. Mientras se alejaba trepidando, Tom se preguntó cómo podía estar tan ciega ZZ para no darse cuenta de lo horrible que resultaba Skid Road.

—Me gustaría que volvieras a tu casa en Radium Hot Springs —dijo.

ZZ no dijo nada y señaló el resplandor de unas farolas que se veían a lo lejos.

—Allí está Gastown.

—Vamos a darnos prisa —dijo Tom, un poco menos deprimido al contemplar la belleza de la plaza Maple Tree. Cuando salieron de la oscuridad, Tom se detuvo a mirar las hojas verdes y el conjunto de farolas blancas, contento de regresar a un mundo más seguro.

—¿Qué pasa con Spider? —preguntó ZZ, al ver que Tom no se movía.

—¡Oh, sí! —dijo él, recordando con disgusto que tenía que continuar su investigación—. ¿Dónde están esas vías?

—Por allí —contestó ZZ—. Justo detrás de las luces.

Cruzaron la plaza y entraron de nuevo en

124

la oscuridad. Esta vez, la depresión que invadió a Tom fue, incluso, superior a la de antes y tuvo que hacer verdaderos esfuerzos para no dar la vuelta.

Delante de ellos se veía una señal luminosa verde y Tom escuchó el chirrido de las ruedas de un tren que se deslizaba lentamente sobre los raíles de acero. Pero no pudo distinguir nada, a causa de la oscuridad que reinaba en las vías.

—Tom —preguntó ZZ—. ¿Por qué tiene Spider sus citas en un lugar tan extraño?

—Ya te lo diré luego.

—Estoy asustada —murmuró ZZ poco después.

—Todo irá bien —dijo Tom, esperando que no se notara su propio nerviosismo. Caminó un poco hacia adelante, sintiendo crujir bajo sus pies los trozos de escoria y la gravilla. Su miedo aumentaba a cada paso. ¿Dónde estaría Spider?

—Dime una cosa —susurró Tom—, ¿dónde tenía que reunirse, exactamente, Spider con ese hombre?

—Dijo que tenía que ir al almacén de alfombras.

Cerca de los muchachos, en plena oscuridad, un tren comenzó a moverse, originando una serie de golpes secos que se transmitían a lo largo del tren, a medida que cada vagón tiraba del que estaba a continuación de él. Tom confiaba en que el ruido impidiera oír el crujido de sus pisadas, y se dirigió hacia una nave en la que se veía un letrero despintado que decía: *Almacén de alfombras.*

No había ni rastro de Spider. Tom entrecerró un poco los ojos, esperando divisar el brillo rojo de su cigarrillo, pero no se veía nada, estaba muy oscuro.

—¡Allí! —dijo ZZ, agarrando el brazo de Tom y señalando hacia adelante—. Puede que esté en aquella casa.

Con el corazón latiéndole con fuerza, Tom vio que ZZ se dirigía hacia una pequeña casucha que había cerca del almacén.

—Esto puede ser una trampa —pensó.

Pero ZZ continuó su camino y él no tuvo más remedio que seguirla. Observó cómo ZZ llegaba a la casa, se inclinaba en el portal y se volvía hacia él con cara asustada.

—Es Spider —dijo—. Está herido.

Pensando aún en una trampa, se acercó con temor. Spider yacía boca abajo en el suelo, respirando con dificultad.

—Ayúdame a darle la vuelta —dijo ZZ. Tom se arrodilló para ayudarla y, con cuidado, dieron la vuelta a Spider y le limpiaron el polvo de la cara—. Voy a pedir ayuda —dijo ella incorporándose.

—¿Dónde?

—La comisaría de policía no está lejos —ZZ se alejó corriendo y sus pisadas se fueron perdiendo en la oscuridad.

Tom se agachó junto a Spider y apoyó las manos en el suelo, sintiendo un pinchazo agudo. Vio que el suelo estaba lleno de colillas de cigarrillos y puros, cerillas y trocitos de cristal plateado. Se sacó un trozo de cristal que se le había clavado en la mano y se inclinó sobre Spider en el momento en que éste se quejó y abrió los ojos.

—¿Quién te ha herido, Spider? ¿Ha sido tu jefe?

Muy despacio, Spider negó con la cabeza.

—Ha sido Leo —susurró con gesto de dolor.

—¿Por qué? ¿Porque querías tener tu propio territorio?

Spider asintió y miró a Tom con cara de odio.

—Tú, miserable, traidor —murmuró—, eres un chivato de la policía, no un fugitivo.

—¿Qué?

—Le dije tu nombre a mi jefe y él te conoce.
Tom miró horrorizado a Spider.

—Leo y mi jefe te están buscando. Ya
puedes rezar lo que sepas, chico.

—¿Pero cómo me puede conocer? —dijo
Tom, incapaz de creer que aquello fuera
posible. Seguramente, Spider estaba mintien-
do. Pero ¿por qué?

—¿Quién es tu jefe, Spider? Por favor,
dime su nombre.

El terror que se reflejaba en la voz de Tom
hizo sonreír a Spider, que volvió a cerrar los
ojos. Tom se incorporó y se volvió hacia la
negrura de la noche. Durante unos minutos
no cesó de darle vueltas en la cabeza, desesperadamente, a la terrible advertencia de
Spider. En aquel momento escuchó el sonido
de una sirena que se acercaba.

La sirena debería haber representado la
seguridad para Tom, pero antes de que llega-
ra la policía echó a correr con presteza hacia
la oscuridad.

9

AQUELLA misma noche, más tarde, Tom se encontraba junto a un muro de piedra. A su izquierda, unos gruesos árboles formaban una tupida cortina junto a la entrada del Parque Stanley.

Tom elevó la vista hacia el círculo plateado de la luna, donde unos astronautas habían dejado ya sus huellas, y se preguntó si allí, en aquella desolación, se experimentaría la misma soledad que donde se encontraba él, junto a un muro de piedra. Le asustaba tanto volver sobre sus pasos como seguir adelante. Levantó las manos y se echó un poco de aliento en los dedos. Por el este comenzaba a aparecer un ligero resplandor rojizo en el horizonte, primera señal de que se acercaba el alba. Debía moverse.

Dándose la vuelta, se dirigió hacia el parque. Al otro lado de una avenida cercana estaba el lago Lost, donde los focos del alumbrado refulgían en los chorros de agua que surgían de una fuente. La calle que cruzaba el parque y llevaba al puente Lions Gate estaba cerrada al tráfico, por unos letreros que decían: *Puente cerrado por obras en el pavimento.*

Mientras Tom caminaba por el sombrío parque, un pájaro graznó estridentemente desde unas ramas que había sobre él. Los árboles abundaban a su alrededor, difuminando las luces de la ciudad y elevándose sobre su cabeza, como queriendo llegar hasta las estrellas. Pero no estaba solo, porque de la oscuridad provenían gritos y rugidos que guiaban a Tom en dirección al zoo.

Pasó junto a un parque infantil, con sus columpios quietos. Tiritando, apresuró el paso en dirección a los rugidos, respirando aliviado cuando aparecieron ante él las confusas formas de las jaulas del zoo.

Buscó la cabina telefónica que recordaba de su última visita y se dirigió hacia ella. Sacó un trozo de papel, marcó un número y esperó un buen rato antes de que contestaran.

—¿Harrison? —dijo—. Siento molestarle, pero necesito su ayuda urgente.

Tom explicó brevemente a Harrison el lío en que estaba metido y quedaron en encontrarse al rato. Llamó luego a Bud, el policía que había conocido en el Club de la Policía, pero estaba de servicio. Dio un recado urgente a la mujer de Bud y prosiguió su camino.

Dejó tras de sí el zoo y llegó a Lumbermen Arch, el lugar en donde había visto a un hombre dando de comer cacahuetes a una ardilla. Ahora, sobre la hierba se desplazaba una niebla baja; más allá se veía una estrecha faja de mar y, al fondo, las montañas de la parte norte de Vancúver.

El olor del aire del mar le recordó a Tom su misión y se puso en camino. Desde la orilla del mar se divisaba el puente Lions Gate en toda su extensión, con unas luces rojas brillando en lo alto de sus altos postes.

Al acercarse Tom al puente, comprobó que las poderosas corrientes que había a la entrada del puerto hacían que el mar se agitara violentamente. Se levantaban grandes olas que se arremolinaban entre las rocas donde descansaban las gaviotas; la fuerza del mar era aterradora y respiró aliviado cuando divisó el sendero que subía por el cercano acantilado.

Dejó la orilla y comenzó a subir el empinado sendero. Unas ramas le rozaron el rostro; resbaló sobre guijarros y rocas pequeñas pero, por fin, llegó a la cima.

Jadeando por el esfuerzo de la subida, se dirigió hacia la desierta carretera que procedía del parque y se adentraba en el puente. Aunque la maquinaria para los trabajos de pavimentación estaba estacionada junto a la carretera, no se veía, a aquellas horas, la menor señal de trabajador alguno. Dos leones guardaban la entrada del puente [1], pero estaban esculpidos en piedra y miraban silenciosamente en dirección a las sombras oscuras del parque.

Sin dejar de pensar en el problema con el que aún se enfrentaba, Tom se dirigió, caminando sobre el puente, hasta la primera columna de sustentación. Miró hacia abajo y se estremeció al ver la altura que le separaba del agua.

Dirigió la vista hacia el este. Por el color de las nubes comprobó que el sol estaba a punto de aparecer. Se distrajo mirando hacia el parque Stanley y en ese momento escuchó el ruido de una moto; al mirar de nuevo hacia el este vio que el sol comenzaba a salir. Contempló la franja de color naranja que se reflejaba en el puerto y miró de nuevo hacia el parque.

Una moto estaba reduciendo su velocidad allá en las sombras, pero de nuevo aceleró y apareció, rugiendo, en dirección al puente. El ruido del potente motor de la Harley-Davidson alteró el tranquilo amanecer. Harri-

---

[1] *Lions Gate* significa Puerta de Los leones. *(N. T.)*

son Walsh se dirigió hacia Tom y detuvo la moto.

—Gracias por venir —dijo Tom, más tranquilo—. La verdad es que necesito ayuda.

Harrison se quitó el casco y su pelo rubio y su barba se encendieron con el reflejo del sol naciente.

—Cuéntame detalladamente lo ocurrido, Tom.

Tom describió, sin olvidar nada, toda su investigación, comenzando con su aventura en la plaza Victoria y terminando con los sucesos de las vías del tren. ¿Era posible que todo aquello hubiera sucedido en tan poco tiempo? Era difícil de creer, al igual que a Tom le costaba trabajo aceptar que Skid Road existiera en realidad, al contemplar la ciudad tranquila, más allá del parque Stanley.

—Hay una cosa que no entiendo —dijo Harrison—. ¿Por qué me has citado en este puente?

—Porque necesito que me ayude contra el jefe de Spider.

—¿Conoces su identidad? —preguntó Harrison, sorprendido. ¿Quién es?

—El inspector Mort.

Tom esperaba un gesto de sorpresa por

parte de Harrison, pero aquel hombre se limitó a sonreír y a negar con la cabeza.

—¿Un inspector de policía? —dijo—. Lo dudo, Tom. ¿Por qué crees que es él?

—Spider me dijo que su jefe conseguía información confidencial del propio cuartel general de la policía —respondió Tom—, y el inspector puede hacerlo fácilmente.

—Sí, y otros muchos oficiales de la policía.

—Pero Spider dijo que su jefe me conocía. ¿Cuántos oficiales de la policía conozco yo en Vancúver? —al ver que del rostro de Harrison desaparecían algo sus dudas, se confió un poco más—. También me comentó Spider que su jefe bien podría tener ya un coche lujoso. El trasto que conduce el inspector parece un montón de chatarra con ruedas.

Harrison se rió.

—Me parece que tú tienes algún prejuicio contra el inspector, y creo que me ocultas algo. ¿De qué se trata?

Tom pensó contarle la actitud hostil del inspector y la forma en que le había encerrado en la celda, pero eso podía tomarse también como prejuicio. Así que decidió explicarle directamente el motivo por el que le había pedido ayuda.

Cruzaron al otro lado del puente y, asustado de la altura, Tom contempló el faro que había junto a la orilla del mar, allá, debajo de ellos.

—El domingo nos encontramos con el inspector Mort y una cuadrilla de obreros junto a ese faro. Dijeron que estaban haciendo unas reparaciones, pero eso no era verdad.

—¿Por qué?

Tom miró a Harrison.

—¿Ha leído usted: *El secreto de las cuevas?*

—¿El libro de los Hermanos Hardy? Sí, pero hace muchos años.

—Pues bien, en ese libro, un submarino lleva unos espías a la costa y operan desde unas cuevas. Yo creo que hay una cueva secreta debajo de ese faro. Reciben la droga de unos barcos anclados en alta mar y la traen a la costa utilizando un pequeño vehículo submarino que llega hasta la cueva del faro. Luego, Leo y el inspector Mort se valen de tipos como Spider para colocar la droga.

Harrison miraba atónito a Tom.

—¿De verdad piensas eso?

—Sí. El inspector dijo que se había detenido en el faro después de dar un paseo. Un tipo tan gordo como él no suele salir a pasear tan lejos. Además, estas reparaciones no se hacen en domingo, por lo que la banda debía estar trasladando la droga desde el faro al camión.

—Es una teoría increíble. De verdad que tienes una imaginación fantástica, Tom.

—Gracias, pero ahora necesito su ayuda, Harrison. Tenemos que conseguir alguna prueba en el faro y luego ir directamente a la policía. Hay que detener al inspector Mort antes de que me mate.

—¿Matarte?

—Spider dijo que su jefe y Leo eran los responsables de la muerte del policía. Luego, en las vías del tren, me dijo que fuera rezando lo que supiera.

—Dudo que nadie pueda considerar a uno de tu edad como una amenaza para sus negocios, Tom, así que no creo que estés en peligro —Harrison miró a Tom con rostro serio—. Ese Spider me parece que es un poco bocazas y, probablemente, sólo pretendía asustarte.

—Pero yo puedo hacer que le detengan.

—¿Tienes alguna prueba que lo relacione con el tráfico de drogas? —Tom negó con gesto triste y Harrison sonrió y le apretó el brazo—. No desvaríes, Tom. Tienes ante ti un buen futuro, pero un detective debe disponer siempre de hechos que respalden sus teorías.

—¿Y qué pasa con el faro? Estoy seguro de que allí podríamos encontrar alguna prueba.

—No podemos ir y romper la puerta, sin más ni más, Tom, y no creo que podamos conseguir una orden de registro.

—Creo que tiene usted razón.

El ánimo de Tom estaba por los suelos y la desilusión se reflejaba en su rostro. Todas sus grandes teorías resultaban inútiles; era, exactamente, el trabajo de un mal detective.

—Ven —dijo Harrison—. Te llevaré a casa.

Tom asintió débilmente y se volvió hacia la ciudad, que recobraba la vida con los primeros rayos del sol. En aquel mismo momento, en aquella bella ciudad, gente como Ángela estaba siendo destruida poco a poco por la droga, y él había fracasado...

—¿Listo para partir? —preguntó Harrison.

Tom miró al hombre rubio que estaba junto a su moto. El sol brillaba en los cromados del espejo retrovisor y en la tapa del depósito de gasolina, lastimando los ojos de

Tom, que trataba desesperadamente de encontrar una forma de aprovechar los resultados de sus investigaciones.

—Hay una cosa que no comprendo.

—¿Cuál?

—Spider mencionó algo acerca de una tapa. Dijo que su jefe guardaba la droga en unos paquetes impermeables, y que tenía que manejar no sé qué tapa antes de entregarle la droga.

Harrison le miró sorprendido.

—A lo mejor se refería a algún tipo raro de sombrero, Tom.

Tom se animó.

—A lo mejor, Spider se refería a la gorra del uniforme del inspector Mort.

—Es probable —asintió Harrison—. Vámonos y ya hablaremos luego de eso.

—¿Pero por qué en paquetes impermeables? —Tom levantó la vista para observar un ruidoso hidroavión que volaba muy bajo, por encima del puente, rompiendo la tranquilidad del amanecer—. Quizá para proteger la droga de la lluvia. ¿O se refería Spider a otra cosa?

—No lo sé —Harrison abrió la bolsa lateral de la Harley-Davidson y buscó algo dentro; pareció disgustado—. No he traído el otro casco, Tom. Es mejor que te pongas el mío.

—Entonces, usted no llevará ninguno —dijo Tom—. ¿No es eso ilegal?

—No tendremos más remedio que infringir la ley. Voy a llevarte a tu casa y luego quiero irme a dormir un poco. He estado levantado toda la noche.

Tom asintió y se inclinó sobre la moto para tomar el casco de Harrison. En ese momento, algo se movió entre las sombras del parque y un hombre se dirigió rápidamente hacia el puente.

Era Leo.

Tom se sobresaltó al ver el rostro crispado de Leo y buscó desesperadamente algún lugar donde ocultarse. Dio un paso hacia la columna del puente, pero se quedó helado al ver que Leo sacaba una pistola.

—¿Qué pasa? —preguntó Harrison mirando la pistola.

Leo hizo caso omiso de Harrison, sin apartar sus ojos helados de Tom mientras se acercaba.

—Eres un verdadero problema, muchacho —dijo con voz ronca—. Vas a morir.

—Deja tranquilo al chico —dijo Harrison enfadado.

—No te metas en esto, estúpido. El chico iba tras tu tapa y ni siquiera intentaste pararle.

—Iba por mi casco, no por la tapa.

Mientras la verdad se abría paso en su mente, Tom miró anonadado a Harrison y, sin pensarlo, se lanzó sobre la barandilla del puente. Saltando sobre ella, cayó sobre una pequeña plataforma y se aferró a una escalerilla de acero adosada a la columna del puente.

—¡Detente, Tom! —gritó Harrison.

Pero Tom estaba ya en la escalerilla y comenzaba a descender por ella, pegado a la columna del puente. Oyó pisadas en la plataforma y, levantando la vista, vio el rostro de Leo. Este apuntó a Tom con la pistola pero, antes de que pudiera apretar el gatillo, su rostro se crispó de dolor.

Harrison sujetaba la mano de Leo y los dos hombres comenzaron a luchar ferozmente en la pequeña plataforma. Tom se aferró a la escalerilla haciendo esfuerzos por que no le invadiera el miedo, mientras escuchaba los pies de los dos hombres golpeando en el suelo de acero de la plataforma y vislumbraba los cuerpos que luchaban.

De arriba llegó un grito. Tom levantó la mirada y vio el terror reflejado en los ojos de Leo, instantes antes de que cayera de la plataforma. Un grito largo y espeluznante provino del cuerpo que caía al mar.

Tom cerró los ojos aferrándose con todas sus fuerzas a la escalerilla e intentando olvidar aquel grito terrible. Por fin miró hacia arriba y vio a Harrison asomado a la plataforma.

—Ya puedes subir, Tom —dijo—. No tengas miedo.

—¡No!

Harrison miró a Tom, pasó luego a la escalerilla y comenzó a descender. Lleno de miedo, Tom descendió a su vez, hasta que sus pies tocaron un travesaño que formaba un ángulo con la columna. Miró hacia abajo y vio la tranquila superficie del mar, muy lejos de él.

—¡No mires abajo! —gritó Harrison. Una racha de viento debilitó sus palabras—. Sígueme hasta arriba, paso a paso.

—¡No!

—No tengas miedo, Tom. Puedes hacerlo.

142

—¡Confiéselo! —gritó Tom—. ¡Confiese que es usted! ¡Es usted el jefe de Spider!

—¿Qué? —gritó Harrison con incredulidad.

—Confiese su culpabilidad y luego subiré.

Durante un momento, Harrison miró a Tom.

—¿Estás loco?

Como Harrison continuaba mirándole, Tom se atrevió a apoyarse en el travesaño.

Harrison movió con presteza la cabeza.

—¡No hagas eso! Cuéntame lo que quieras, pero no bajes más.

Tom apoyó la cabeza en la escalerilla y miró al cielo azul; una gaviota pasó volando velozmente. Tuvo tentaciones de mirar hacia abajo, pero se contuvo y levantó la vista hacia Harrison.

—¡Enséñeme sus gafas de sol!

—De acuerdo, enseguida.

Sujetándose fuertemente a la escalerilla, Harrison rebuscó en su chaqueta. Tom apenas pudo echar un vistazo a los cristales de las gafas, pues se le escurrieron a Harrison y cayeron hacia él. Cerró los ojos, sintió que rebotaban en sus hombros, y luego cayeron al vacío.

—¡Lo siento, Tom! —gritó Harrison—. Fue sin querer. No pretendía asustarte.

Tom levantó la vista hacia Harrison.

—¡Sólo tenían un cristal! Eso demuestra que es usted el jefe de Spider.

—No sabes lo que dices. Voy a empezar a subir, Tom. Sígueme —Harrison subió un peldaño y se detuvo—. Tienes que subir. Es tu única salvación.

Tom le miró, preguntándose si, ahora que su culpabilidad era evidente, trataría de huir. Si así fuera, Tom debía seguir; respiró con fuerza y subió un peldaño.

—¡Así! —dijo Harrison—. Sigue subiendo.

El rostro de Bud apareció entonces en la plataforma. Tom había olvidado por completo su llamada telefónica y no daba crédito a sus ojos. Pensó que tenía que actuar con rapidez.

—¡Bud! —gritó—. ¡Ayúdeme!

—¡Todo va bien, Bud! —gritó Harrison—. Estoy ayudando a subir a Tom, peldaño a peldaño.

—¡Bud, abra el depósito de gasolina de la moto de Harrison y mire dentro!

Harrison se volvió hacia Tom con el rostro

contraído. Inmediatamente movió la cabeza hacia Bud.

—¡No lo hagas! El chico se ha vuelto loco.

—¡Por favor, Bud!

Bud desapareció de la vista. Harrison subió un peldaño, pero pareció cambiar de opinión y comenzó a descender hacia Tom.

Éste trató desesperadamente de bajar más, pero su pie resbaló y se balanceó en el vacío. Una sacudida de miedo le recorrió el cuerpo y se agarró al peldaño con todas sus fuerzas. Cerró los ojos, esperando que Harrison lo arrojase fuera de la escalerilla en cualquier momento.

—¡Harrison!

Bud llamaba desde arriba, pero Tom no se atrevió a mirar. Todo lo que quería era sujetarse fuertemente a la escalerilla.

—¡Déjalo, Harrison! —gritó Bud.

Siguió un largo silencio, roto finalmente por el graznido de una gaviota. Tom levantó poco a poco la vista y vio que Harrison estaba justamente encima de él. En la parte superior de la escalerilla, Bud se asomaba a la plataforma, apuntando con su revólver a Harrison.

—¡Sube, Harrison! —gritó—. ¡Quedas detenido!

—¡Estoy intentando salvar al chico!

—¡Aléjate de Tom! Puede salvarse solo.

Harrison observó un momento a Tom, con una extraña mirada en sus ojos, y luego comenzó a ascender lentamente por la escalerilla. Fue entonces cuando Tom comprendió que corría un riesgo terrible y que nadie podía ayudarle.

«No mires hacia abajo», murmuró para sí. Al agarrarse al siguiente peldaño, con una mano súbitamente sudorosa, sintió resbalar sus dedos en el metal. Cerró los ojos y trató de armarse de valor.

—¡Sube sin pararte!

La voz de Bud sobresaltó a Tom y, durante un momento, olvidó su miedo. Sujetándose al metal, subió un peldaño y se detuvo. El viento golpeaba su cuerpo; de algún lugar llegó el ruido de una sirena. Sus brazos se iban debilitando.

—¡Inténtalo de nuevo!

Respiró con fuerza, escaló rápidamente otro peldaño y luego se detuvo y se sujetó con fuerza.

—¡Ya casi lo has conseguido!

146

El viento se había convertido en un enemigo y trataba de arrojar a Tom fuera de la escalerilla. Incluso los penetrantes graznidos de las gaviotas parecían pretender asustarlo para debilitar las fuerzas con que se asía a la escalerilla. La sirena se oía ahora más cerca y otro hidroavión planeó por encima del puente, añadiéndose su ruido a los problemas con que se enfrentaba Tom. «El mundo entero está contra ti —le dijo su mente asustada—, y no lograrás ponerte a salvo.»

—¡Tienes que hacerlo, Tom!

La voz de Bud respiraba energía y confianza en que Tom lo conseguiría. Cerró los ojos, subió dos peldaños más y escuchó muy cerca la voz de Bud.

—Ya está, Tom. Sube a la plataforma.

Casi sin fuerzas ni valor, Tom subió un poco más. Unas manos fuertes le agarraron por los hombros y un instante después yacía en la plataforma de acero, temblando.

—Ya acabó todo —dijo Bud, reposadamente—. Ahora ya estás a salvo.

Poco a poco dejó de temblar. Aunque se sentía terriblemente cansado, se incorporó pausadamente y saltó la barandilla.

Todo parecía diferente. Un coche de la

policía estaba parado junto al puente, con las luces de emergencia centelleando. Harrison estaba dentro, debidamente custodiado. Dos policías permanecían junto a la moto de Harrison. Uno de ellos sostenía la tapa del depósito de gasolina. De la parte interior de la tapa colgaba un largo tubo de plástico, que contenía un cierto número de pequeños paquetes.

Cuando Tom llegó junto al coche de la policía, Harrison miró por la ventanilla y movió la cabeza.

—Estaba equivocado —le dijo a Tom.

—¿En qué? —preguntó éste, asustado aún de aquel hombre.

—Cuando Spider nos previno de que eras un peligro, yo me reí de él —los ojos azules de Harrison recorrieron el rostro de Tom—. Pero yo hice lo posible por mantenerte alejado de cualquier amenaza, Tom. Después de tu llamada telefónica, Leo insistió en que averiguáramos lo que sabías, pero conseguí que se mantuviera oculto a la entrada del puente. Yo quería que te marcharas, antes de que él pudiera hacerte algo.

Tom le miró, preguntándose si estaría

diciendo la verdad. Era algo que nunca sabría con certeza, pero ahora estaba demasiado disgustado para preocuparse por ello. Dio la vuelta y se alejó.

10

DURANTE los días siguientes, Tom estuvo ocupado, hablando de Harrison y Spider, que estaban detenidos, con los policías que llevaban la investigación.

Días después, los abuelos organizaron una comida en el campo. Invitaron a Dietmar y a sus tíos, y Tom volvió a la calle Shanghai para invitar a ZZ. Pero ésta se había ido a Radium Hot Spring a visitar a su familia.

Se reunieron todos en una playa que lindaba con la parte oeste del Parque Stanley. Afortunadamente, desde allí no se alcanzaba a ver el puente Lions Gate y Tom se encontraba totalmente relajado, lanzando una y otra vez un platillo volador a Dietmar.

—¡A comer! —llamó la abuela, haciendo señas con las manos, de pie junto a un mantel extendido en la playa, cerca de un tronco. Tras ella quedaban el paseo marítimo y los altos árboles del parque.

Tom arrojó el platillo volador por última vez, observando cómo pasaba volando junto a los brazos extendidos de Dietmar y caía cerca de la orilla. Sonriendo, aguardó a que Dietmar lo recibiera, y se dirigieron juntos hacia la comida que les aguardaba.

Sobre el mantel había un gran surtido de perritos calientes y hamburguesas, ensaladas y refrescos.

—¿Dónde está el postre? —preguntó Dietmar, sentándose en la arena.

El abuelo sonrió.

—Ésa es una sorpresa para más tarde. Mientras tanto, tengo una adivinanza para ti: un hombre vive en una cabaña que tiene cuatro paredes idénticas, todas ellas orientadas al sur. Ve pasar un oso junto a la ventana. ¿De qué color es el oso?

Siguió un silencio embarazoso. Tom, que conocía la respuesta, se puso a mirar a un barco de pesca que se dirigía al puerto, con una maraña de cuerdas entre los mástiles y grandes montones de redes sobre la cubierta. Una garza nadaba cerca de la orilla, formando con su cabeza y su largo cuello curvado

una especie de signo de interrogación que sobresalía de las olas.

—¿Era un oso blanco? —preguntó, indecisa, la tía de Dietmar.

—¡Magnífico! —dijo el abuelo—. ¿Por qué?

—Bueno, la cabaña tiene que estar situada en el Polo Norte, para que todas sus paredes estén orientadas al sur; así que tiene que ser un oso polar.

—La señora se ha ganado un perrito caliente —dijo el abuelo sonriendo.

El tío de Dietmar se dirigió a Tom.

—¿Puedo preguntarte una cosa?

—Claro —respondió Tom—. ¿Es un acertijo?

—No, pero para mí es un misterio. Mientras estabais jugando con ese platillo, nosotros comentábamos tus averiguaciones en lo de las drogas. Pero dime una cosa: ¿cómo supiste, en el puente, que Harrison era el jefe de Spider?

—Me fijé de pronto en la tapa del depósito de gasolina de la moto de Harrison y pensé que los paquetes impermeables podían estar ocultos dentro del depósito. También me acordé de la basura que había en el suelo de la casucha, junto a las vías del tren.

—¿Y qué?

—Pues que había colillas de puros, y Harrison es un fumador de puros. También vi trozos de unos cristales de gafas y pensé más tarde que a Harrison se le podían haber caído las gafas del bolsillo, y romperse, cuando él y Leo estaban golpeando a Spider en la casucha.

—¿Quieres más gaseosa? —preguntó la abuela.

—Gracias, abuela —dijo Tom, acercándole el vaso—. Yo sabía que Harrison había dejado la policía porque quería ganar más dinero, pero no se me ocurrió que fuera para traficar con drogas. Es más, después del paseo en moto, nos encontramos con una chica llamada Ángela, y Harrison dijo que era una de sus clientas. Yo creí entonces que él trataba de ayudarla, pero lo cierto es que debía estar vendiéndole droga.

—Hay algo que yo tampoco me explico —dijo la abuela—. ¿Cómo podía obtener Harrison información directa de las actividades de la policía?

—Me figuro que, yendo al Club de la Policía y charlando con sus antiguos compañeros, no le resultaría difícil conseguir información —durante un instante, Tom recordó su visita al Club y su paseo en la moto de Harrison—. Creo que Spider no entendía mucho de motos.

—¿Qué quieres decir? —preguntó el abuelo.

—Pues que dijo que su jefe debería tener un coche lujoso —Tom sonrió—. Lógicamente se refería a Harrison, aunque su comentario me llevó a sospechar de otra persona.

—¿De quién?

Tom iba a contestar, pero se contuvo al

ver que por el paseo marítimo se aproximaba una figura conocida.

—¿No es el inspector Mort? —dijo, mirando a un hombre grueso, con atuendo deportivo, que se acercaba, resoplando por el esfuerzo de una larga caminata.

—Es cierto, Tom —dijo el abuelo, levantándose y haciendo señas con la mano—. ¡Por aquí, inspector!

El inspector se detuvo para recuperar el aliento y luego, con aspecto más tranquilo, se acercó caminando lentamente por la arena.

—Buenos días —dijo sentándose en el tronco y sacando un gran pañuelo para secarse el rostro sofocado—. No creo estar en forma para participar en el equipo olímpico.

El abuelo se rió y le presentó a los tíos de Dietmar.

—Estoy seguro de que se acuerda de Tom y Dietmar —dijo.

—Claro que sí —dijo el inspector, guardándose el pañuelo—. Por eso estoy aquí hoy.

—¿Va usted a detener a Tom? —preguntó Dietmar esperanzado.

—No —dijo el inspector sonriendo—. De hecho, he venido para agradecer a Tom la ayuda que ha prestado a la policía y para pedirle perdón por haberle encerrado en una celda. Me equivoqué al pensar que necesitaba un pequeño susto para que no se metiera más en líos.

—Eso está bien —dijo Dietmar—, pero Tom quiere que le encierren un par de años.

El inspector alargó la mano.

—¿No me guardas rencor?

—No, señor —dijo Tom estrechándole la mano—. Además, creo que yo también cometí un par de errores acerca de usted.

—¿Sí? ¿Cuáles?

—No tiene importancia —dijo Tom, que no quiso mencionar su teoría sobre el faro. Como todos esperaban una respuesta, añadió—: Pensé que no era usted el tipo de persona que hace *footing* por el parque.

El inspector soltó una carcajada.

—Estoy intentando perder peso —dijo—, pero creo que me gusta demasiado comer.

—Hablando de comida —dijo Dietmar—, ¿cuándo nos van a sorprender con el postre?

—Está en camino —dijo el inspector. Se volvió y señaló a una persona que salía de entre los gruesos árboles del parque—. Aquí llega el pedido, y justo a tiempo.

—¡Es Bud! —dijo Tom, reconociendo al

policía que se acercaba por la playa con una caja de cartón en la mano.

—¡Hola! —dijo Bud, dejando la caja en el suelo—. Oiga, inspector, esto está muy frío.

—Es como debe estar el helado —dijo el inspector, sonriendo al ver las caras ansiosas de Tom y Dietmar—. Es un regalo del Cuerpo de Policía de Vancúver.

—¡Fantástico! —dijo Dietmar—. ¿De qué es el helado?

—Algo especial. Lo tuve que buscar por toda la ciudad hasta encontrarlo —el inspector abrió la caja, dejando al descubierto un helado de color azul brillante—. Tus abuelos me han dicho que eres un gran aficionado al chicle, Tom.

—Sí, señor —dijo Tom. Intrigado, tomó una cuchara y probó un poco de helado—. ¡Estupendo! —dijo, mirando al inspector—. ¡Un millón de gracias!

Dietmar miró a Tom, que estaba ocupado con el helado, con cara de sospecha. Finalmente, y como el helado comenzaba a desaparecer rápidamente, probó un poco.

—¡Es helado de chicle! —dijo al inspector, para concentrarse seguidamente en conseguir su parte.

Cuando se acabó, Tom y Dietmar se tumbaron en la arena, con los labios manchados de azul y los estómagos llenos. Al cabo de un rato, Tom se sentó y miró hacia el mar, observando las olas que saltaban a ambos lados de un carguero que se dirigía hacia el poniente.

—Me pregunto si será el *M. K. Maru* —dijo.

—No, no lo es —respondió el inspector—. Despedí al capitán Yakashi hace unos días.

—¿Cazó usted a esos traficantes de drogas?

—No íbamos detrás de traficantes —dijo el inspector sonriendo—, pero obtuvimos informaciones muy valiosas sobre los inmigrantes ilegales.

—Yo estaba tan seguro de que cazaríamos muchísimos traficantes, que lo de Harrison y Spider me parece poca cosa en comparación —dijo Tom, con tono desilusionado.

—Cazar a esos fue algo muy importante. Además, Harrison y Leo formaban parte de una banda y hoy hemos detenido algunas personas más. Y todo eso ha sido gracias a tu trabajo, jovencito.

—¡Eh! —dijo Dietmar—. Me acabo de acordar de una cosa.

—¿De qué? —preguntó Tom, desconfiando del súbito regocijo de la cara de Dietmar.

—Cuando hablaban del capitán Yakashi, me acordé del restaurante «La Cola del Pan». Tom, ¿recuerdas lo que dijiste cuando viste por primera vez al inspector Mort?

Tom lo recordaba perfectamente, pero no quería hablar de ello y se puso rápidamente en pie.

—¿Jugamos un poco con el platillo volador? —preguntó.

—Espera un poco —contestó Dietmar, regodeándose. Se volvió sonriente al inspector Mort—: Tom apostó a que si usted no era un delincuente se comería su sombrero.

—¿Un delincuente? —dijo el inspector, frunciendo el ceño.

—Lo siento —dijo Tom, poniéndose colorado—. Creo que todos hemos cometido errores.

Dietmar sacó una gorra de béisbol del bolsillo de Tom y la puso en un plato.

—¿Quieres un poco de sal?

—Espera —dijo Tom—. Yo no quería decir exactamente que me lo iba a comer.

—¿Así que mentías? —dijo Dietmar, moviendo la cabeza con desilusión—. Es difícil de creer eso, Tom.

El inspector Mort se inclinó hacia adelante.

—Yo te debo un favor, Tom —dijo tomando la gorra. Y antes de que nadie pudiera decir nada, se metió en la boca un trozo de la gorra y sus grandes dientes le pegaron un mordisco a la tela.

EL BARCO DE VAPOR

SERIE NARANJA (a partir de 9 años)

EL BARCO DE VAPOR

SERIE ROJA (a partir de 12 años)

SP
FIC
WIL

Wilson, Eric H.
Pesadilla en
Vancuver

PERMA-BOUND®

DATE DUE

SP
FIC
WIL

Wilson, Eric H.
Pesadilla en
Vancuver

Y A

$10.80 BAR: 3043078000315

DATE DUE	BORROWER'S NAME	RM. NO.
MAR 1 0 2005		
MAR 2 9 2005		
MAY 0 6 2005		
DEC 0 1 2005		
DEC 1 5 2005		
FEB 0 9 2006		

$10.80

BURBANK MIDDLE
SCHOOL LIBRARY